COLLECTION FOLIO

Junichirô Tanizaki

Le coupeur de roseaux

Traduit du japonais
par Daniel Struve

Gallimard

Ce texte est extrait de *Œuvres, I* de Tanizaki (Pléiade).

Né à Tôkyô le 24 juillet 1886, Junichirô Tanizaki grandit dans une famille aisée de marchands. Il fait de brillantes études à l'Université impériale de Tôkyô, mais en 1910 la ruine de son père le contraint à les interrompre. La même année, il publie son premier texte, une nouvelle cruelle et raffinée, *Le Tatouage*, dans la revue qu'il a fondée avec quelques amis. L'histoire de la belle courtisane et de son tatouage en forme d'araignée fait scandale et lance sa carrière d'écrivain. En 1913, il rassemble toutes ses nouvelles dans un recueil intitulé *Le Diable* et subit les foudres de la censure qui les juge « immorales ». Il publie sans trêve drames, comédies et scénarios à une époque où le cinéma en est encore à ses balbutiements ; il traduit également la pièce d'Oscar Wilde *L'Éventail de lady Windermere*. Installé à Yokohama, il fréquente les résidents étrangers et découvre l'image de la femme occidentale. Lorsqu'un terrible tremblement de terre détruit la ville en 1923, il s'installe définitivement dans le Kansai. Le séisme le bouleverse profondément : alors qu'il puisait son inspiration dans un Occident et une Chine exotiques, il revient vers le Japon à partir de 1924, date à laquelle paraît son premier roman, *Un amour insensé*. Cette chronique douloureuse et ironique relate la vie conjugale de Jôji Kawai et de Naomi, une jeune serveuse, qui rêve de devenir une femme « moderne » comme les Occidentales et qui sait jouer de ses charmes... La femme perfide et tentatrice est à nouveau au cœur du *Goût des orties* : un homme est tiraillé entre trois femmes, une Eurasienne, une bourgeoise terne et une beauté classique. Tanizaki consacre la seconde partie de sa vie à traduire en japonais moderne le *Genji monogatari*, œuvre classique de la romancière du XIe siècle, Murasaki Shikibu. En 1943, la publication en feuilleton de son chef-d'œuvre *Quatre sœurs* est interdite car jugé inconvenant en temps de guerre. Cette éblouissante saga familiale qui retrace la vie de quatre jeunes Japonaises très différentes les unes des autres, dans le Japon de l'entre-deux-guerres, paraîtra finalement entre 1946 et 1948. Après la guerre, Tanizaki publie des romans audacieux au centre desquels il place la vieillesse, l'impuissance et la mort. Dans *La clef (La confession impudique)*, un respectable professeur d'université, à l'âge du démon de midi, ne parvient plus à satisfaire sa jeune femme dotée d'un tempérament excessif. Après avoir essayé divers excitants, il s'aperçoit que la jalousie est un incomparable stimulant... Le *Journal d'un vieux fou* raconte le drame d'un vieillard qui s'éprend de sa belle-fille, ancienne danseuse de music-hall à la morale assez libre. Avec beaucoup d'intelligence, elle profite de son beau-père pour lui arracher des libéralités extravagantes et mener une vie de luxe. En compensation, elle lui accorde des privautés savamment limitées et le maintient dans une excitation qui s'exaspère d'autant plus qu'elle ne peut aboutir qu'à de lamentables démonstrations.

Tanizaki meurt en juin 1965, laissant une œuvre importante, unanimement considérée comme majeure, du XXe siècle japonais.

Décerné en son honneur, le prix Tanizaki est l'une des principales récompenses littéraires au Japon.

Découvrez, lisez ou relisez les livres de Junichirô Tanizaki :

UN AMOUR INSENSÉ (Folio n° 2242)

LE CHAT, SON MAÎTRE ET SES DEUX MAÎTRESSES (Folio n° 2915)

LA CLEF (La confession impudique) (Folio n° 3834)

JOURNAL D'UN VIEUX FOU (Folio n° 3702)

QUATRE SŒURS (Folio n° 2966)

SVASTIKA (Folio n° 1990)

Loin de toi
Hélas ! je coupe les roseaux
À cette pensée
La vie sur la grève de Naniwa
Me devient toujours plus insupportable.

C'était un mois de septembre, quand j'habitais encore à Okamoto. Il faisait un temps superbe ce jour-là et vers le soir, ou plutôt peu après trois heures de l'après-midi, j'eus soudain envie de faire une promenade à pied dans la région. L'heure était trop tardive pour une excursion lointaine et je connaissais par ailleurs presque tous les environs immédiats, si bien que je réfléchissais à un endroit peu connu, auquel ni moi ni un autre n'aurait pensé spontanément, et qui conviendrait à une promenade de deux ou trois heures, lorsque je me rappelai que depuis quelque temps déjà j'avais le projet d'aller visiter le sanctuaire de Minase, sans que l'occasion ne s'en fût jamais présentée.

Ce sanctuaire de Minase s'élève sur l'emplacement d'un palais détaché de l'empereur retiré Gotoba, et il est évoqué de la manière suivante au chapitre « Sous les frondaisons » de la chronique du *Miroir supérieur.*

Sa Majesté résidait habituellement dans les palais de Toba ou de Shirakawa qu'elle avait fait réparer, mais elle avait fait construire également une retraite de la plus grande élégance au lieu dit Minase, où elle se rendait très fréquemment. Elle y vivait selon son cœur, admirant les fleurs de cerisier au printemps, les feuilles d'érable en automne, se consacrant à ses seuls divertissements, dont l'écho retentissait dans toute la société. L'emplacement, qui offre une vue très dégagée sur la rivière, est plein d'attrait. Un jour, durant l'ère Genkyû (1204-1206), lors d'une séance où l'on composa de nombreux vers en chinois et en japonais, Sa Majesté prononça entre autres le poème suivant :

Je regarde dans le lointain
Le pied des montagnes est enveloppé de brume

Rivière Minase !
Pourquoi avoir préféré
Les soirs d'automne ?

Les passages, les galeries, d'autres constructions encore, aux toits couverts de chaume et de belles dimensions, étaient pleins de charme et de raffinement. Un arrangement de pierre devant le palais représentait une cascade dévalant d'une montagne, les pins nains du jardin mêlaient leurs branches aux arbres moussus des montagnes, conférant à l'ensemble l'aspect d'une profonde retraite, faite pour durer mille ans. À l'époque où elle avait fait planter ce jardin, Sa Majesté avait invité un grand nombre de gens pour un divertissement. Après cette fête, le conseiller moyen Teika, un jeune page alors, composa les vers suivants :

Ils auront traversé
les premiers mille ans
sans vieillir !
Ces jeunes pins présagent
un long règne à notre seigneur.

Les vagues des flots
détournés dans le jardin
passant au-dessus des rochers
sont aussi innombrables
que les années de règne de notre seigneur.

Ainsi Sa Majesté résidait-elle continuellement au palais de Minase où, au milieu du son des flûtes et des luths, au gré des circonstances changeantes, de l'éclosion des fleurs au rougeoiement des feuilles d'érable, elle vivait sans contrainte, s'adonnant exclusivement à toute la gamme des plaisirs.

Depuis l'époque lointaine où j'avais lu le *Miroir supérieur*, je n'avais cessé de songer à ce palais de Minase. J'avais une prédilection pour le poème de l'empereur retiré :

Je regarde dans le lointain
Le pied des montagnes est enveloppé de brume
Rivière Minase !
Pourquoi avoir préféré
Les soirs d'automne ?

Parmi les nombreux vers de l'empereur qui m'avaient séduit et restaient gravés dans ma mémoire, ceux où il chante la baie d'Akashi : « Une barque de pêcheur, ramant, s'enfonce dans le brouillard... » ou ceux qu'il composa pendant son exil dans l'île d'Oki : « C'est moi le nouveau gardien de l'île... », ce poème entre tous, chaque fois que je le récitais, déroulait devant moi le paysage à la fois poignant, et en même temps chaleureux et au charme prenant, des rives de la Minase. Mais à une époque où j'étais peu au fait de la géographie des régions centrales, je me contentai de situer ce lieu quelque part dans les environs de Kyôto, sans plus me soucier de son emplacement exact, et j'avais appris seulement très récemment que les vestiges de ce palais se trouvaient non loin de la frontière séparant les anciennes provinces de Settsu et de Yamashiro, sur les berges du fleuve Yodo, à quelques centaines de mètres de la gare de Yamazaki, et qu'il s'y élevait aujourd'hui encore un sanctuaire consacré à la mémoire de l'empereur Gotoba. Il se trouvait qu'un pèlerinage à ce sanctuaire de Minase convenait parfaitement pour une promenade entreprise aussi tard dans la journée. Le voyage jusqu'à Yamazaki ne prenait guère de temps, même en chemin de fer, mais il était encore plus rapide de prendre la ligne électrique Hankyû, puis d'emprunter la nouvelle ligne Shin-Keihan. Comme, en outre, ce soir était justement celui de la pleine lune du huitième mois[1], je me promettais de contempler au retour le clair de lune sur les rives du fleuve Yodo. Ayant pris cette résolution, et comme l'endroit n'était pas de ceux où l'on emmène femme et enfants, je sortis seul, sans dire à personne où j'allais.

1. La nuit du 15 du huitième mois dans le calendrier lunaire correspondait à la fête de la lune, qu'on honorait par des offrandes de gâteaux de riz et de tiges de *suzuki*. Des veillées étaient organisées au cours desquelles on buvait du saké, composait des poèmes ou faisait de la musique, tout en contemplant la pleine lune. *(N.d.T.)*

Yamazaki est situé dans la province de Yamashiro, dans le district d'Otokuni, tandis que les vestiges du palais de Minase se trouvent dans la province de Settsu, dans le district de Mishima. Lorsqu'on vient d'Ôsaka, il faut donc descendre à la gare d'Ô-Yamazaki de la ligne Shin-Keihan, puis revenir en arrière et traverser la frontière entre les deux provinces avant de parvenir au sanctuaire. Je ne connaissais Yamazaki que pour avoir une fois parcouru les environs de la gare des chemins de fer publics, et c'était la première fois que je m'aventurais vers l'ouest le long de la route des Provinces occidentales. Un peu plus loin, le chemin se partageait en deux et sur la droite s'élevait une vieille inscription en pierre. C'était la route qui allait de la rivière Akuta vers Itami en passant par Ikeda. C'est dans cette région, le long de la ligne qui relie Itami, Akutagawa et Yamazaki que se sont illustrés, si l'on se souvient des récits de la *Chronique de Nobunaga*, les généraux de l'époque des Provinces en lutte tels qu'Araki Murashige ou Ikeda Shônyûsai. Sans doute était-ce là anciennement la route principale. Cette voie qui longe le fleuve Yodo en épousant son cours devait être commode pour ceux qui voyageaient en bateau, mais elle traversait de nombreuses anses ou terrains maréca-geux envahis par les roseaux, qui la ren-daient sans doute peu propre aux voyages terrestres. À ce propos, j'avais appris, entre autres, que l'emplacement de l'ancien bac d'Eguchi se trouvait près de la voie de che-min de fer que je venais d'emprunter. Aujourd'hui, Eguchi est inclus dans le péri-mètre du grand Ôsaka ; et Yamazaki, depuis l'extension de la ville de Kyôto, l'an der-nier, a été incorporé dans cette dernière métropole. Cependant, entre Kyôto et Ôsaka, il ne semble pas exister la même continuité climatique et géographique qu'entre Kôbe et Ôsaka, et il est peu probable que cités vertes et zones résidentielles modernes y surgissent incessamment, ce qui permettra sans doute à cette région de conserver pour quelque temps encore l'aspect d'une campagne verdoyante. On lit dans le *Trésor des vassaux fidèles* que des sangliers et des brigands pouvaient être vus alors sur une route qui passe non loin de là, et l'on a tout lieu de penser que l'endroit était encore plus inhospitalier par le passé, mais aujourd'hui encore l'aspect des maisons aux toits recouverts de chaume s'alignant des deux côtés de la route paraît d'un autre âge à un regard accoutumé aux bourgades et aux villages occidentalisés qui longent la ligne Hankyû. D'après la chronique du *Grand Miroir* c'est ici, sur son chemin d'exil, que Sugawara no Michizane entra dans les ordres et composa son fameux poème : « De la demeure que tu habites, les branches, à mesure que je m'éloignais, jusqu'à leur disparition je me retournai pour les regarder ! » « Il se désolait, dit la chronique, souffrant amèrement d'avoir été accusé pour des fautes qu'il n'avait pas commises, et se fit moine à Yamazaki. » Une route avec des relais existait donc à cet endroit à une époque ancienne. Peut-être s'agissait-il d'une station d'étape fondée à l'époque où fut construite la capitale Heian ? Plongé dans ces réflexions, je dévisageais une à une ces demeures, qui dans l'ombre de leurs auvents faisaient flotter une atmosphère de siècles révolus.

Pour accéder aux vestiges du palais impérial, il fallait franchir un pont enjambant une rivière qui devait être la Minase, puis marcher un peu jusqu'à la grand-route et tourner à gauche. Aujourd'hui, à cet endroit, s'élève un sanctuaire national de second rang consacré aux cultes des empereurs Gotoba, Tsuchimikado et Juntoku, qui connurent tous les trois le même destin tragique à la suite des troubles de l'ère Jôkyû. Pourtant, dans une région aussi riche en temples et en sanctuaires magnifiques, ni le bâtiment de ce sanctuaire ni l'enceinte sacrée ne présentent rien de vraiment remarquable. Seul le souvenir du récit du *Miroir supérieur* que j'ai cité plus haut faisait que mon cœur tressaillait involontairement à la vue de chaque arbre et de chaque pierre, croyant retrouver en chacun d'eux une trace des fêtes qu'au début de l'époque de Kamakura donnaient ici au gré des saisons les dignitaires du moment. Après m'être assis au bord du chemin pour fumer une cigarette, je me mis à parcourir sans but l'espace assez étroit de l'enceinte sacrée. L'endroit avait beau être à peine écarté de la route, c'était, derrière quelques maisons de paysans espacées et entourées de haies vives ornées des fleurs d'automne les plus variées, une sorte d'îlot aux dimensions modestes, mais suffisantes, tranquille et retiré. Cependant le palais de Gotoba ne devait pas se limiter à un espace aussi restreint, et s'étendait sûrement jusqu'à la rivière Minase, que je venais de traverser. Sans doute est-ce en contemplant la surface de la rivière du haut d'un pavillon construit au bord de l'eau, ou encore en se promenant sans but dans le jardin, que l'empereur avait ressenti l'émotion qu'il exprima ensuite dans son poème : « Le pied des montagnes est enveloppé de brume... »

Un jour d'été, dit la chronique, Sa Majesté se rendit au pavillon de pêche du palais de Minase. Là elle se désaltéra avec de l'eau glacée et fit servir du riz détrempé et quelques autres plats de cette espèce aux jeunes dignitaires et courtisans. Puis, ayant pris du vin : « Ah, dit-elle, c'est cette dame du passé, Murasaki Shikibu, qu'il faut admirer ! Il est merveillement plaisant en effet de lire dans le "Roman du Genji" qu'au repas du héros sont servis des truites d'une rivière voisine ou des ishi-bushi[1] *apportés des collines de l'Ouest. Ah ! si on pouvait aujourd'hui préparer de tels plats ! » Un certain Hata, de la garde rapprochée de l'empereur, qui se trouvait non loin de là sous la véranda, entendit les propos de Sa Majesté ; étendant quelques feuilles de bambous nains cueillies près de l'étang, il lui présenta du riz blanc lavé à l'eau. « "Comme des grêlons sur une feuille de bambou nain, qui semblent vouloir disparaître aussitôt qu'on les recueille", dit quelque part le "Roman du Genji". Voilà une manière de faire*

1. Poisson de fond de rivière, à grosse tête et à grosse bouche, plat et trapu, réputé pour la finesse de son goût.

qui sort du commun », dit Sa Majesté et, enlevant son manteau, elle le fit tenir à l'officier. Puis elle vida plusieurs coupes de vin.

Quand on se souvient de ce passage, on imagine volontiers que l'étang du pavillon de pêche devait d'une manière ou d'une autre communiquer avec la rivière. En outre, le cours du fleuve Yodo ne passait-il pas à quelques centaines de mètres de là vers le sud, derrière le sanctuaire ? Je ne pouvais le voir de l'endroit où je me tenais, mais, sur l'autre rive, le sommet arrondi du mont Otokoyama et le sanctuaire de Hachiman semblaient comme suspendus au-dessus de moi, sans qu'il parût que j'en fusse séparé par une assez large étendue d'eau. Levant les yeux, je contemplai la silhouette de cette montagne, puis tournai le regard vers la cime du mont Tennô, qui lui faisait face de ce côté du fleuve, au nord du sanctuaire. Je n'y avais guère prêté attention tandis que je marchais sur la route, mais, maintenant que je me trouvais là, je remarquai, en regardant autour de moi, que je me tenais dans une vallée aussi encaissée que le fond d'un chaudron, et dont le ciel était coupé, au nord et au sud, par des montagnes, qui l'enserraient comme autant de paravents. À la vue de ces cours d'eau et de ces montagnes, on comprenait sans peine que pendant l'époque Heian, une barrière eût été installée à Yamazaki et que la région eût représenté un point stratégique pour tous ceux qui voulaient attaquer la capitale par l'ouest. À cet endroit, la plaine du Yamashiro, dont le centre est formé par la capitale à l'est et la plaine de Settsu, Kawachi et Izumi, centrée autour d'Ôsaka, à l'ouest, se rétrécissent à l'extrême et sont traversées en leur milieu par le cours du fleuve Yodo. Kyôto et Ôsaka ont beau être reliés par celui-ci, le climat et les paysages de chaque côté de ce point ne manquent pas d'être très différents. À en croire les habitants d'Ôsaka, même lorsqu'il pleut à Kyôto, il arrive qu'il fasse beau temps à l'ouest de Yamazaki ; et en hiver, lorsque le train dépasse Yamazaki, on sent la température tomber brusquement. À cet égard, la physionomie des hameaux aux nombreux bosquets de bambous, l'architecture des maisons de paysans, l'aspect des arbres, la couleur de la terre, y font penser aux faubourgs du côté de Saga, comme si la campagne de Kyôto se prolongeait jusqu'à cet endroit.

Sortant de l'enceinte du sanctuaire, je franchis la chaussée et suivis un sentier jusqu'à la rivière Minase, dont je gravis la berge. Sans doute l'aspect des montagnes au-dessus de la rivière et le cours même de celle-ci avaient-ils dû subir quelque changement en l'espace de sept cents ans, mais le paysage qui se peignait dans mon âme, chaque fois que je récitais le poème de l'empereur retiré, ressemblait dans l'ensemble à la vue qui s'étendait sous mes yeux. J'avais toujours imaginé que ce lieu devait présenter à peu près cet aspect. Ce n'était pas un de ces paysages d'eau et de montagnes, aux falaises escarpées et aux rochers creusés par des torrents, qu'on qualifie de saisissants ou de sublimes. C'étaient des collines en pentes douces et un cours d'eau tranquille, encore adoucis par la brume du soir qui en estompait les contours, un tableau empreint de sérénité, tout à fait dans le genre de la peinture japonaise *yamato-e*. Il est vrai qu'en matière de paysages, les goûts varient selon les dispositions de chaque spectateur, et il s'en trouverait sans doute pour dénier toute valeur à ce lieu. Quant à moi, des montagnes et des cours d'eau ordinaires sans rien de grandiose ou d'inattendu, tels que ceux-ci, m'invitent à une douce rêverie et me donnent l'envie de m'attarder indéfiniment auprès d'eux. S'ils ne surprennent pas l'œil et ne ravissent pas l'âme, de tels paysages attirent le voyageur par leur abord amène et souriant. À un regard rapide, ils ne livrent rien, mais celui qui s'attarde longuement auprès d'eux se sent entouré de chaleur et d'une douce affection, comme dans les bras d'une tendre mère. Dans la solitude du soir, surtout, on voudrait se fondre dans la fine brume qui flotte au-dessus de l'eau, et qui semble de loin nous faire signe. Pourtant, comme le dit l'empereur retiré Gotoba, « pourquoi avoir préféré les soirs d'automne ? ». Si, en accord avec la suggestion contenue dans son poème, cette soirée était située au printemps, si une nuée écarlate enveloppait le pied paisible des montagnes, et que des cerisiers fussent en fleur ici ou là sur les deux berges de la rivière, sur les sommets environnants et dans les vallées, comme l'ensemble prendrait plus de chaleur ! Voilà donc, sans doute possible, la vue qui s'offrait au regard de l'empereur retiré. Cependant, il faut un homme de goût et de culture raffinée pour apprécier la véritable élégance, et la configuration de ces lieux, pleins de grâce en dépit de leur apparence ordinaire, devait naturellement laisser indifférents ceux qui ne possédaient pas la sensibilité des nobles de cour d'autrefois. Toujours immobile sur la berge qu'enveloppait l'ombre de plus en plus épaisse du soir, je tournai mes regards vers l'aval. Et comme j'examinais la partie de la rive sur ma droite, cherchant l'emplacement du pavillon de pêche où l'empereur retiré avait mangé du riz trempé avec ses dignitaires et ses courtisans, je remarquai que toute cette région était couverte d'une épaisse forêt qui se prolongeait jusqu'à l'arrière du sanctuaire, ce qui signifiait très certainement que la vaste superficie qu'elle occupait correspondait à l'enceinte de l'ancien palais détaché. De l'endroit où je me tenais, je pouvais voir en outre le large cours du fleuve Yodo, où l'on comprenait que la rivière Minase allait se jeter. Aussitôt, je vis clairement quel superbe emplacement fut celui du palais détaché. La résidence de l'empereur retiré était bordée au sud par les eaux du fleuve Yodo, à l'est par celles de la rivière Minase et devait disposer grâce à la langue de terre formée par la rencontre des deux cours d'eau un immense parc de plusieurs dizaines de milliers de *tsubo*. Si tel était effectivement le cas, en prenant le bateau à Fushimi, l'empereur retiré pouvait accoster directement sous la véranda du pavillon de pêche, ce qui lui permettait d'aller et venir commodément entre le palais détaché et la capitale, et concorde avec le propos du *Miroir supérieur*, selon lequel « Sa Majesté résidait continuellement au palais de Minase ». Je ne pus m'empêcher de penser aux somptueuses villas qui au temps de mon enfance s'alignaient au bord de l'eau sur les rives du fleuve Sumida, à Hashiba, Imado, Komatsujima, Kototoi. La comparaison peut paraître audacieuse, mais la figure de l'empereur retiré venant dans ce palais pour y donner à l'occasion des banquets de grand style et s'exclamant : « Ah ! c'est cette dame du passé, Murasaki Shikibu, qu'il faut admirer ! », ou encore complimentant un homme de sa suite : « "Comme des grêlons sur une feuille de bambou nain, qui semblent vouloir disparaître aussitôt qu'on les recueille", dit quelque part le *Roman du Genji.* Voilà une manière de faire qui sort du commun » — cette figure, donc, ne présentait-elle pas quelques points communs avec les amateurs d'élégance de la ville d'Edo ? Quelle consolation devait alors offrir au cœur de Sa Majesté, combien devait contribuer à l'intérêt de ses fêtes, le spectacle du grand Yodo, de ce fleuve où matin et soir se mirait le sommet vert sombre du mont Otokoyama, où croisaient sans cesse les embarcations assurant la liaison avec la capitale, et auquel on ne saurait comparer l'insipide Sumida ! Lorsque, plus tard, elle eut échoué dans sa tentative de renverser le gouvernement militaire et qu'elle passa dix-neuf tristes années en exil sur l'île d'Oki à évoquer dans le fracas des vagues et le sifflement du vent le souvenir de sa splendeur passée, n'était-ce pas ce paysage d'eau et de montagne, n'étaient-ce pas toutes ces parties de plaisir qu'elle y avait goûtées qui venaient le plus souvent hanter les pensées de Sa Majesté ? Poursuivant la rêverie dans laquelle j'étais plongé, mon imagination me peignit l'un après l'autre les divers détails de la vie de cette époque, tandis que l'écho des instruments de musique, le murmure des fontaines, et jusqu'aux voix animées et joyeuses des dignitaires et des familiers du trône résonnaient au fond de mes oreilles. C'est alors que je m'avisai tout d'un coup de l'approche de la nuit et que, tirant ma montre, je vis qu'il était six heures. Pendant la journée, il avait fait si chaud que je ne pouvais marcher sans être inondé de sueur, mais sitôt le soleil couché, je me sentis pénétré par le vent froid d'une soirée d'automne. Éprouvant brusquement une sensation de faim, je me dis qu'il me fallait trouver à dîner en attendant le lever de la lune, et, descendant de la berge, je revins vers la grand-route.

Ne comptant pas trouver un restaurant de quelque distinction dans cette ville, et dans le seul désir de me réchauffer quelque part, je remarquai la lumière d'une boutique de nouilles, où je demandai deux mesures de saké ainsi que deux portions de soupe aux nouilles de froment et au *tôfu* frit, puis, m'étant fait réchauffer un flacon de

Masamune[1] à emporter, je me mis à descendre vers le fleuve par le chemin que m'avait indiqué le patron, en direction de l'embarcadère. En effet, comme je lui signifiais que j'aurais aimé me promener sur le Yodo en barque pour admirer la lune, le patron m'avait fait observer qu'il y avait justement un bac reliant l'extrémité de la ville à Hashimoto, sur l'autre berge. Ou plutôt, m'apprit-il, comme le fleuve était très large, et qu'un grand banc de sable s'étendait au milieu, on traversait d'abord la moitié du fleuve jusqu'au banc de sable, puis on montait dans une seconde embarcation pour se rendre sur la rive opposée ; je pourrais entretemps admirer le paysage. Hashimoto, ajouta-t-il aimablement, possédait un quartier de divertissement, aussi le bac, qui accostait tout près de là, fonctionnait-il jusqu'à dix ou même onze heures du soir et je pouvais, si j'en avais envie, faire la traversée plusieurs fois et profiter de la vue tout à loisir.

1. Célèbre marque de saké ou vin de riz.

Me félicitant de cette obligeance qui venait si à propos, je m'étais donc mis en route, offrant mon visage rougi par le vin à la fraîcheur du vent nocturne. Le chemin jusqu'à l'embarcadère me parut plus long que ce qu'avait laissé entendre le patron, mais une fois sur place, j'aperçus en effet le banc de sable au milieu du fleuve. L'extrémité orientée vers l'aval, juste en face de moi, était bien visible, mais, vers l'amont, ses contours s'estompaient en même temps que s'amenuisait la faible lueur qui baignait le paysage, et donnaient l'impression de s'étendre indéfiniment. Loin d'être un îlot isolé au milieu du fleuve, n'était-ce pas la pointe de terre formée au confluent du Yodo et de la Katsura ? En tout cas, c'est dans cette région que se rejoignaient les rivières Kizu, Uji, Kamo et Katsura et que se rassemblaient les eaux des cinq provinces de Yamashiro, d'Ômi, de Kawachi, d'Iga et de Tamba. Un ancien ouvrage illustré intitulé *Coup d'œil sur les rives du fleuve Yodo* mentionne un peu en amont de là un ancien embarcadère, dit le bac du Renard, et précise que la distance entre les rives y est de cent dix *ken* ; on peut donc penser qu'à l'endroit où je me trouvais, la largeur du fleuve devait être légèrement supérieure. Par ailleurs, le banc de sable n'était pas situé à égale distance des deux rives, mais était beaucoup plus proche de celle sur laquelle je me tenais. Tandis que j'attendais, assis sur le gravier du rivage, je vis la barque quitter la ville de Hashimoto, que signalaient quelques lumières, et se diriger vers le banc de sable ; puis les passagers débarquèrent et traversèrent à pied le banc de sable jusqu'à l'endroit où était amarrée la seconde embarcation. À vrai dire, il y avait bien longtemps que je n'avais pas emprunté un bac ; mais en comparaison de ceux de Sanya, Takeya, Futako ou Yagura, dont je conservais des souvenirs d'enfance, celui-ci, ne serait-ce qu'à cause du banc de sable qui interrompait la traversée, dégageait comme un air de nonchalance ; il était d'ailleurs surprenant qu'il existât encore entre Kyôto et Ôsaka un moyen de communication aussi archaïque, si bien que j'avais le sentiment d'avoir fait une précieuse découverte.

Dans l'ouvrage illustré sur les rives du fleuve Yodo que je viens de mentionner, la gravure représentant Hashimoto montre la lune au-dessus du mont Otoko, et s'accompagne d'un poème de Kageki :

Sur le mont Otoko
La lune gravissant la montagne
Fait apparaître tout autour
Les barques sur le fleuve Yodo

ainsi que d'un haïku de Kikaku :

Nouvelle lune
Jadis, quand était-ce donc ?
Le mont de l'Homme.

Tandis que le bac où j'avais pris place s'approchait du banc de sable, le disque parfait de la lune brillait derrière le mont Otoko, exactement comme sur cette gravure, et la montagne détachait son épaisse et sombre masse d'encre, à qui une végétation foisonnante prêtait le lustre du velours, sur un ciel où s'attardaient encore les couleurs du crépuscule. Comme le passeur nous invitait à rejoindre l'autre rive pour monter dans la seconde barque, je lui expliquai brièvement que je monterais plus tard et que pour l'instant je voulais profiter un peu de la fraîcheur du vent soufflant sur le fleuve, puis, piétinant l'herbe trempée de rosée, je me dirigeai seul vers la pointe du banc de sable, où je m'accroupis près de la grève couverte de roseaux. On était là véritablement comme dans une barque au milieu du courant, et l'on pouvait contempler à loisir l'une et l'autre rives qui s'allongeaient sous la lueur de la lune. Tourné vers l'aval, j'avais la lune sur ma gauche, cependant qu'une moelleuse lumière bleutée enveloppait désormais le fleuve qui apparaissait beaucoup plus large qu'il ne l'était un peu plus tôt, dans l'éclairage du soir. Le poème de Dufu chantant le lac Dongting, des vers de la « Ballade du pipa » ou encore un passage de la « Prose de la falaise rouge », ces belles phrases chinoises, aux sonorités pleines, dont je ne m'étais pas souvenu depuis longtemps, montèrent soudain à mes lèvres. Comme en témoigne le poème de Kageki chantant les « barques du fleuve Yodo », de nombreuses embarcations, dont les « bateaux de trente *koku* », devaient jadis circuler en ces lieux par un soir pareil ; aujourd'hui au contraire, en dehors de ce bac transportant cinq ou six personnes au plus, on ne voyait pas l'ombre d'une embarcation. Buvant à même le col le contenu du flacon de Masamune que j'avais emporté avec moi, je cédai à la griserie et entonnai à haute voix ces vers de la « Ballade du pipa » :

Le soir, je raccompagne un ami sur la rivière Xunyang,
Les feuilles d'érable et les joncs bruissent dans le vent d'automne.

Pendant que je récitais ces vers, je m'avisai tout d'un coup que jadis ces grèves envahies de roseaux furent souvent les témoins de scènes semblables à celle qu'évoquent la « Ballade du pipa » de Bai Letian. Si les villages d'Eguchi et de Kanzaki étaient vraiment situés non loin de là en aval, de nombreuses courtisanes devaient sûrement parcourir les environs à bord de petites embarcations capables de se glisser parmi les roseaux. À l'époque Heian, Ôe no Masahira a décrit dans son *Spectacle des courtisanes* l'animation qui régnait sur le fleuve et a évoqué la séduction de ce lieu :

Kaya, écrit-il notamment, est situé entre les trois provinces de Yamashiro, de Kawachi et de Settsu ; c'est un port important que ne peuvent manquer les voyageurs, qu'ils viennent du nord, du sud, de l'est ou de l'ouest. Venues de tout le pays, jeunes et vieilles, les femmes qui font commerce de leurs charmes s'y rassemblent. Elles vont visiter les villages, attachent leurs barques devant les portails, attendent les clients sur le fleuve. Les plus jeunes égarent les cœurs par leur visages maquillés et leur chant, les plus vieilles se dissi-

mulent sous une ombrelle et signalent au moyen d'une perche qu'elles sont disponibles. Ah ! rideau de jade et alcôve aux murs écarlates. Tout y diffère d'une véritable noce, mais une rencontre en bateau sur les vagues ne vaut-elle pas ces festivités qu'on célèbre une fois dans sa vie ? Chaque fois que j'emprunte ce chemin et que je contemple ce spectacle, je ne puis me retenir de pousser un long soupir.

Plusieurs générations plus tard, un descendant de Masahira, Ôe no Masafusa, écrivit ses *Notes sur les courtisanes (Yûjoki)* où il peint la vie pleine de charme et d'animation de ces rivages :

Le fleuve coule du nord au sud, bordé de nombreux villages. Un bras s'en détache en direction de la province de Kawachi. C'est l'endroit dit Eguchi où sont disposés les deux domaines de Miharagi, appartenant au service des Apothicaires, et d'Ôniwa appartenant au service de l'Entretien. Plus loin, dans la province de Settsu, on trouve les lieux dits Kanzaki, Kanishima, etc.

Les demeures s'y pressent et s'y succèdent sans laisser d'intervalles. Les prostituées se réunissent en groupes et, montées sur des barques qu'elles poussent à la perche, elles visitent les grands bateaux et invitent leurs occupants à les rejoindre sur leurs couches. Leurs voix traversent les nuages suspendus au-dessus du cours d'eau, leur musique flotte dans le vent qui souffle sur les flots. Parmi les passants il n'y en a pas un qui n'oublie sa maison.

Et plus loin :

Barques de pêcheurs ou bateaux de marchands, les embarcations se touchent si bien qu'on ne voit plus guère la surface de l'eau. C'est ici le premier centre de divertissement de tout le pays.

Tout en recherchant dans les replis de ma mémoire ces quelques passages dont je parvenais à faire remonter des bribes à la surface, je contemplais l'étendue déserte du fleuve, dont les eaux s'écoulaient sans bruit sous l'éclat de la lune. Quel homme n'avait jamais éprouvé un sentiment de nostalgie pour le passé ? Pourtant, rendu vulnérable comme je l'étais par l'approche de la cinquantaine, la simple tristesse sans raison que nous inspire l'automne m'envahissait avec une force prodigieuse, dont je n'avais pas soupçon dans ma jeunesse, et il suffisait du spectacle de feuilles de puéraire frissonnant au vent pour me remplir parfois d'une émotion que rien ne parvenait à dissiper. À plus forte raison, par une telle soirée et alors que j'avais trouvé refuge dans un endroit pareil, devais-je me montrer sensible à la fragilité de toute entreprise humaine, disparaissant sans laisser de trace, et me sentir attiré par le chatoiement d'une époque révolue ? Les *Notes sur les courtisanes* rapportent le nom de femmes fameuses telles que Kannon, Nyoi, Kôro, Kujaku, ou encore Ko-kannon, Yakushi, Yuya, Naruto. Où sont donc toutes ces femmes qui passaient leur vie sur l'eau ? Si pour leur nom d'artistes elles choisissaient des termes à consonances bouddhiques, c'est, dit-on, qu'elles voyaient dans le commerce de leurs charmes une forme de compassion semblable à celle des *bodhisattva.* Ces femmes qu'on regardait comme des réincarnations de Fugen et à qui il arrivait de recevoir l'hommage des moines les plus vénérables, ne pourrait-on en faire à nouveau sur ces flots apparaître les figures, telle de l'écume qui se forme pour se défaire aussitôt ?

Lorsqu'on visite, écrit Saigyô, à Eguchi et à Katsuramoto les lieux où habitent les courtisanes, on voit que leurs demeures s'éparpillent sur les deux rives du fleuve. Quel misérable métier que le leur, qui consiste à se plier aux désirs des voyageurs ! Qu'advient-il donc de ces femmes dans l'autre monde, une fois qu'elles sont parvenues au terme de leur inutile existence ? Ou bien est-ce le karma accumulé en d'autres vies qui les prédispose à se faire courtisanes ? Pour subvenir à une existence aussi inconsistante que de la rosée, voilà qu'elles se livrent à une occupation sévèrement condamnée par le Bouddha. Si leur faute personnelle à elle seule est déjà très lourde, comme il est détestable d'entraîner tant de gens à leur ruine. Pourtant nombre de ces courtisanes ont atteint à la renaissance dans la Terre pure, et même si elles ont causé la perte de nombreux habitants du littoral, elles ne s'en sont pas moins montrées admirables.

Peut-être en effet, comme le pense Saigyô, ces femmes ont-elles rejoint le séjour d'Amida, et sont-elles en train de contempler avec un sourire de compassion le spectacle de la dépravation humaine, la seule chose qui ne change pas au cours des siècles.

Tandis que je poursuivais cette méditation solitaire, un ou deux vers commencèrent à prendre forme dans mon esprit, et voulant les noter avant qu'ils ne se fussent effacés de ma mémoire, je sortis mon carnet et me mis à faire courir le crayon à la lumière de la lune. Ménageant le peu de vin qui me restait, j'en avalais une gorgée, puis me remettais à écrire, en reprenais encore une gorgée pour me remettre à nouveau à écrire, répétant l'opération jusqu'à la toute dernière goutte, après quoi je jetai le flacon dans le fleuve. Alors j'entendis remuer les feuilles non loin de moi, et comme je me retournais dans la direction d'où venait le bruit, j'y aperçus en effet un homme accroupi dans les roseaux, exactement comme s'il s'agissait de mon ombre. Surpris, j'observai d'abord un instant son apparence, le fixant d'un regard presque indiscret, mais l'homme, qui ne semblait pas le moins du monde décontenancé, me salua d'une voix parfaitement détendue :

« Nous avons aujourd'hui, monsieur, une belle lune. J'admire, pour ma part, l'homme de goût que vous êtes. À vrai dire, je me trouvais là, moi aussi, depuis quelque temps, mais je craignais de troubler votre tranquillité. Cependant en vous entendant à l'instant entonner la "Ballade du pipa", j'ai à mon tour été pris du désir de réciter quelques vers. Malgré le dérangement, j'aimerais vous demander de m'écouter un instant. »

S'il est rare à Tôkyô qu'un inconnu

s'adresse à vous avec autant de familiarité, je m'étais fait depuis quelque temps aux mœurs des habitants du Kansai et avais même fini par m'imprégner de leurs usages. Aussi, c'est sans embarras que je lui répondis :

« C'est bien aimable à vous, monsieur. Je suis impatient de vous entendre. »

L'homme se leva aussitôt, et venant me rejoindre à travers les roseaux s'assit auprès de moi :

« Sans vouloir vous importuner, n'en prendrez-vous pas un peu ? » dit-il en détachant un objet qui était fixé par une cordelette à sa canne de bois brut. Dans sa main gauche il tenait maintenant une gourde, tandis que de sa main droite il me tendait une petite coupe de laque.

« Vous venez, je crois, de jeter votre flacon, alors qu'il me reste encore ceci », dit-il en agitant la gourde. « Acceptez cette coupe pour le prix de la piètre récitation que vous me ferez la grâce d'écouter. Tout l'effet en serait gâté, si votre griserie se dissipait. Le vent qui souffle sur le fleuve est bien frais, et vous ne risquez rien en dépassant un peu la dose. »

Il me mit de force la coupe dans les mains et versa le vin, qui produisit un agréable gargouillement.

« Merci, j'accepte volontiers », fis-je en vidant la coupe de bon cœur.

Je ne sais ce qu'était ce vin, mais, après le flacon de Masamune que je venais de boire, le goût de ce saké froid, moelleux et puissant, au léger parfum de bois, me laissa dans la bouche une sensation de fraîcheur.

« Allez, vous en accepterez bien une seconde... Allez, encore une ! »

L'homme me fit boire ainsi trois coupes l'une après l'autre et pendant que je terminais la troisième entonna lentement un air du nô Kogô. Sans doute à cause du vin qu'il avait bu, sa respiration était haletante et on sentait qu'il devait forcer sa voix. Celle-ci ne se signalait d'ailleurs ni par sa puissance ni par la beauté de son timbre. Mais elle avait de la profondeur et démontrait une grande maîtrise. La calme assurance de ce chant témoignait en tout cas d'une longue pratique. Plus encore, au moment où il s'était mis à chanter de cette manière imperturbable devant l'étranger que j'étais, l'homme s'était aussitôt absorbé dans l'univers du morceau exécuté de façon à ne plus être troublé par aucune autre préoccupation, et tandis que ce détachement intérieur se communiquait spontanément à moi, je ne pus m'empêcher de penser que sans même atteindre à la perfection technique l'apprentissage d'un art n'était pas une occupation futile pour peu qu'il fût capable de développer en nous une telle disposition.

« C'était magnifique, lui dis-je. Je vous remercie de m'avoir offert ce délassement. »

Hors d'haleine, l'homme commença par humecter sa bouche desséchée, puis me tendit à nouveau une coupe de saké :

« Allons, prenez encore celle-ci ! »

La visière de la casquette de chasse qu'il portait enfoncée sur la tête jetait une ombre sur la moitié supérieure de son visage et il était difficile de l'observer en détail à la lueur de la lune, mais il devait être à peu près de mon âge, au demeurant maigre, de petite taille, vêtu d'une large tunique de style japonais, et, par-dessus, d'une sorte de manteau de voyage.

« Pardonnez mon indiscrétion, n'êtes-vous pas originaire d'Ôsaka ? » lui demandai-je, ayant remarqué aux quelques phrases qu'il avait prononcées qu'il avait l'accent de l'Ouest plutôt que celui de l'ancienne capitale.

« En effet. Je possède dans le sud de la ville une petite boutique d'antiquaire.

— Êtes-vous donc sur le chemin du retour ?

— Non. Je suis sorti dans la soirée pour aller admirer le clair de lune. D'ordinaire, j'emprunte la ligne Keihan, mais cette année j'ai fait un détour en prenant la nouvelle ligne Shin-Keihan, avant de traverser le fleuve par le bac. Je n'ai d'ailleurs pas lieu de m'en repentir », dit-il en sortant un cornet à tabac, et en fourrant sa pipe avec du tabac haché.

« Est-ce que chaque année vous vous rendez quelque part pour admirer la lune ?

— Oui », fit l'homme, puis il resta silencieux, le temps d'allumer sa pipe. « D'habitude, reprit-il, je vais admirer la pleine lune à l'étang d'Ogura. C'est par hasard qu'en passant ici ce soir, j'ai pu contempler la beauté incomparable de la lune au-dessus du fleuve. Pourtant, je dois avouer que c'est seulement en vous apercevant en train de vous reposer ici, que j'ai pris garde à la beauté du lieu ; ainsi vous suis-je redevable de cette occasion. Vue d'entre les roseaux, au milieu des deux bras du fleuve Yodo, la lune offre en vérité un spectacle sans pareil ! »

Vidant les cendres de la pipe sur sa tabatière de poche, il la bourra à nouveau et la ralluma avec la braise :

« À propos, si vous avez réussi quelques bons vers, faites-m'en lecture, s'il vous plaît !

— Non, non ! » répondis-je en remettant précipitamment mon carnet dans ma poche.

« Je n'ai rien fait que je puisse vous faire entendre sans honte.

— Ne dites pas cela », reprit-il, mais sans insister davantage, puis, comme s'il avait oublié cette affaire :

La lune brille sur le fleuve, le vent souffle dans les pins,
La nuit est longue, la soirée est limpide. Pour quelle raison ?

déclama-t-il en prenant son temps.

« À propos, le questionnai-je à mon tour, puisque vous êtes d'Ôsaka, vous devez être versé dans la géographie et l'histoire de ces lieux. Voici donc ce que je voudrais vous demander : n'est-il pas vrai que dans toute cette région et jusqu'aux alentours du banc de sable où nous nous trouvons actuellement, circulaient jadis les barques de courtisanes, telles que la dame d'Eguchi ? Lorsque je contemple cette lune, ce sont d'abord les fantômes de ces femmes que je crois voir devant mes yeux. Depuis tout à l'heure, je tente en vain de formuler dans un poème ce sentiment que j'ai de poursuivre des chimères.

— Comme les pensées peuvent se rencontrer ! » s'exclama l'inconnu, sans dissimuler son étonnement. « Je faisais à l'instant des réflexions tout à fait semblables. En contemplant cette lune, je me peignais, moi aussi, les fantômes d'un passé disparu », ajouta-t-il d'une voix émue.

« Pour autant que je puisse en juger, nous devons être à peu près du même âge », dis-je en dévisageant mon interlocuteur, « et c'est sans doute l'effet des ans qui se fait sentir dans votre cas comme dans le mien. En ce qui me concerne, avec chaque année qui passe, je deviens plus sensible, comment dire, à la désolation ou à la mélancolie de l'automne, à cette tristesse sans cause ni raison précise qu'éveille en nous cette saison. C'est seulement à notre âge que l'on peut vraiment goûter la saveur de certains vieux poèmes comme celui qui dit "J'ai été surpris par le bruit du vent", ou "Le vent d'automne souffle et agite les stores de ma demeure". Est-ce à dire que je déteste l'automne pour sa tristesse ? Au contraire. Lorsque j'étais jeune, le printemps était entre toutes ma saison préférée, mais aujourd'hui c'est la venue de l'automne que j'attends avec le plus d'impatience. À mesure qu'il prend de l'âge, l'homme voit naître en lui une sorte de résignation, une disposition à accepter avec joie une dissolution en accord avec les lois de la nature ; il aspire à une vie tranquille et équilibrée. Aussi le spectacle d'un paysage vivement coloré le console-t-il moins que le face-à-face avec un tableau plus triste, et à la recherche des plaisirs réels préfère-t-il l'absorption dans le souvenir de ceux du passé. Autrement dit, l'amour du passé, où les jeunes gens ne voient qu'une chimère sans rapport avec la réalité présente, représente pour le vieil homme l'unique moyen de continuer à vivre au présent.

— Vous avez parfaitement raison », fit l'homme en hochant la tête avec conviction. « Et si cette transformation s'opère naturellement en toute personne à mesure qu'elle prend de l'âge, d'autant plus doit-elle se produire en moi, qui me souviens encore comment, tout petit, mon père me forçait chaque année à parcourir quelque deux ou trois lieues le soir de la pleine lune du huitième mois. Aujourd'hui encore, le retour de cette date me ramène des souvenirs de cette époque. À cette occasion, mon père me tenait des propos semblables à ceux que vous venez de tenir : "Sans doute n'es-tu pas encore capable de ressentir toute la mélancolie de cette nuit d'automne, me dit-il souvent, mais un jour tu comprendras."

— Que voulait dire ce comportement ? Aimait-il à ce point ce jour de pleine lune ? Et pourquoi faire parcourir à un enfant un si long chemin ?

— La première fois qu'il m'avait emmené avec lui, j'avais sept ou huit ans et ne pouvais rien comprendre. Mon père habitait une petite maison donnant sur une ruelle et comme ma mère était morte deux ou trois ans plus tôt et qu'il vivait seul avec moi, il ne pouvait sans doute pas sortir sans me prendre avec lui. En tout cas, je me souviens qu'il me lança : “Allons, mon garçon, je t'emmène admirer la lune !” et que nous sortîmes en plein jour pour prendre le vapeur — il n'y avait pas encore de train à l'époque — à l'embarcadère de Hakken.ya pour remonter ce fleuve. Nous débarquâmes à Fushimi, ce que je n'ai appris que plus tard, et je suivis en silence mon père qui marchait sans fin le long d'une digue. Nous finîmes par arriver aux abords d'un large étang. Je sais maintenant qu'il s'agissait de la digue d'Ogura et de l'étang du même nom, et le chemin que j'avais parcouru était d'environ une lieue et demie à deux lieues dans chaque sens.

— Mais dans quelle intention venait-il marcher dans ce lieu ? Voulait-il seulement se promener, sans autre but que d'admirer le reflet de la lune dans les eaux de l'étang ?

— En tout cas, il s'arrêtait de temps à autre sur la digue, et regardait fixement la surface de l'étang : "N'est-ce pas un beau paysage, mon garçon ?" me disait-il, et je le suivais, impressionné par ce paysage qu'en mon âme d'enfant, je trouvais en effet superbe. Comme nous passions devant une propriété qui devait être la villa de quelque riche famille, un son de *koto*, de *shamisen* et de *kokyû* nous parvint à travers d'épaisses frondaisons. Mon père s'attarda quelques instants devant le portail, l'oreille tendue, puis, poussé par quelque soudaine inspiration, se mit à longer le mur entourant cette vaste propriété, tandis que je lui emboîtais le pas. Les timbres des *shamisen* et des *koto* se faisaient plus distincts, on entendait maintenant un faible bruit de voix humaines, ce qui signifiait que nous approchions d'un jardin aménagé derrière la villa. À cet endroit le mur laissant place à une haie vive, mon père chercha un emplacement où celle-ci serait moins épaisse pour regarder au travers. Il restait là, je ne savais pourquoi, immobile, sans repartir, et je l'imitai en approchant à mon tour le visage d'un interstice entre les feuilles. C'était un grand jardin avec des pelouses et des collines artificielles où l'on avait creusé un bassin, au-dessus duquel s'avançait une véranda tapissée de nattes de paille, au plancher surélevé comme les anciens pavillons sur l'eau et entouré d'une balustrade ; cinq ou six personnes, hommes et femmes, y tenaient un banquet ; de nombreux plateaux à offrandes étaient disposés près de la balustrade, ainsi que du saké et de la lumière ; les épis de miscanthe et les branches de lespédèze dans les vases indiquaient que la soirée était consacrée à la contemplation de la lune. Une femme, assise à la place d'honneur, jouait du *koto,* tandis qu'une autre, les cheveux coiffés dans le style *shimada,* et qui semblait une dame de compagnie, tenait le *shamisen.* Il y avait en outre un homme, artiste aveugle ou maître de quelque discipline artistique, qui jouait du *kokyû.* De l'endroit d'où nous les observions, il était impossible de voir en détail ces personnages, mais sur le côté qui nous faisait face était dressé un paravent doré, devant lequel une autre jeune femme, elle aussi coiffée dans le style *shimada,* dansait, en agitant son éventail, de telle sorte que si nous ne distinguions pas les traits de son visage, nous suivions parfaitement tous ses mouvements. Soit que l'électricité n'y fût pas encore installée à cette époque, soit qu'on l'eût voulu ainsi pour ajouter à l'atmosphère du moment, la véranda était éclairée par des chandeliers dont les flammes ne cessaient de vaciller en se reflétant sur le bois poli des piliers et de la balustrade, ainsi que sur l'or du paravent. La lune éclairait fortement le bassin, au bord duquel était amarrée une barque : l'eau en devait être captée dans l'étang d'Ogura, et cette barque permettait sans doute de sortir directement dans celui-ci. Bientôt la danse s'acheva et les dames de compagnie apportèrent des flacons de saké et servirent les convives. Pour autant que nous pouvions en juger à leurs manières pleines de déférence, il apparaissait que la joueuse de *koto* était leur maîtresse, tandis que les autres membres du groupe étaient là pour lui tenir compagnie. La scène se déroulait il y a plus de quarante ans ; à cette époque, dans les vieilles maisons de Kyôto ou d'Ôsaka, les femmes de chambre étaient vêtues comme des servantes du palais, et outre les bonnes manières, leurs maîtres, s'ils se piquaient d'avoir du goût, leur faisaient également enseigner divers arts d'agrément. La propriété devant laquelle nous nous trouvions servait manifestement de villa à l'une de ces riches maisons, et la joueuse de *koto* devait faire partie de la famille qui en était propriétaire. Cependant elle se tenait dans la partie la plus éloignée du salon et son visage était dissimulé par l'ombre que jetaient le miscanthe et le lespédèze, si bien qu'il nous était difficile de l'observer depuis l'endroit où nous étions. Mon père, comme s'il cherchait par tous les moyens à voir de plus près, ne cessait d'aller et venir le long de la haie et de changer de points d'observation, mais les fleurs le gênaient toujours. Cependant, à en juger par sa coiffure, l'épaisseur de son maquillage, les teintes du kimono qu'elle avait revêtu, on ne pouvait lui prêter un âge très avancé. Sa voix surtout paraissait très jeune. Même si la distance nous empêchait de comprendre le sens de la conversation, cette voix seule se détachait de toutes les autres et l'on entendait dans le jardin l'écho de ses fins de phrases, caractéristiques du parler d'Ôsaka : c'était une voix pleine de vivacité, riche en résonances, mais très pure et qui portait loin. La jeune femme paraissait un peu grise et laissait échapper de temps à autre un rire sonore qui donnait à toute sa figure un air brillant et animé, empreint en même temps de raffinement et d'innocence.

« "Père, risquai-je, tous ces gens sont en train de fêter la pleine lune, n'est-ce pas ?

« — Il semble bien en effet", répondit mon père tout en continuant à regarder à travers la haie.

« "Tu sais à qui appartient cette maison ?" insistai-je, mais cette fois il se contenta de pousser un grognement affirmatif, et parut entièrement absorbé par le spectacle qui s'offrait à ses yeux. Cela dura un moment qui, aujourd'hui encore, quand j'y repense, m'apparaît interminable, au cours duquel les servantes se levèrent deux ou trois fois pour moucher les bougies. Il y eut encore une danse, puis la maîtresse des lieux chanta seule, d'une voix magnifique, en s'accompagnant au *koto.* Nous restâmes jusqu'à la fin de la réunion et vîmes les convives quitter la véranda. Je ne me rappelle guère notre retour, sinon la morne marche le long de la digue. En m'exprimant ainsi, je crains que vous ne trouviez bien précis des souvenirs qui remontent pourtant à une lointaine enfance ; mais en réalité, comme j'ai déjà eu l'occasion de le dire tout à l'heure, tant l'année suivante que celle d'après et chaque fois que revenait le jour de la pleine lune du huitième mois, mon père me faisait reprendre le chemin sur la digue ; nous nous arrêtions devant le portail de la propriété, on entendait le son du *koto* et du *shamisen* ; mon père contournait alors le mur pour aller observer le jardin à travers la haie. L'aspect de la véranda était chaque année à peu près identique : chaque fois cette femme, qui paraissait être la maîtresse des lieux, se divertissait en compagnie d'artistes et de suivantes au cours d'un banquet consacré à la contemplation de la pleine lune. Aussi, quand bien même le souvenir de ce que j'ai vu la première année se serait enrichi d'éléments observés au cours des années ultérieures, le spectacle était-il chaque année à peu près celui que je viens de vous décrire.

— Je vois », fis-je entraîné malgré moi dans le monde des souvenirs de mon interlocuteur. « Mais qu'était donc au juste cette propriété ? Votre père devait avoir des raisons pour y revenir chaque année de cette façon.

— Ses raisons ? » répondit l'homme après un instant d'hésitation. « Je ne vois pas d'inconvénient à vous en parler. Mais enfin je ne vous connais pas et je crains de vous importuner en vous retenant ainsi sans fin avec mon récit.

— Vous ayant écouté jusqu'ici, j'aurai grand regret de ne pas entendre la suite. Vraiment.

— Je vous remercie. Je profiterai donc de votre amabilité pour vous conter mon histoire », dit-il en tirant à nouveau la gourde. « À propos de regrets, il reste encore un peu de vin dans cette gourde. Commençons donc par lui faire un sort. »

Il me tendit la coupe et derechef fit gargouiller le liquide.

Après avoir versé soigneusement tout le contenu de la gourde, l'homme reprit son récit.

« Chaque fois que mon père abordait avec moi ce sujet, lors de ces marches annuelles que nous effectuions la nuit de la pleine lune sur la digue, son visage prenait invariablement une expression grave et il me disait alors sur le ton qu'on prend avec un compagnon de son âge : "Un enfant comme toi ne saurait comprendre ce que je vais te dire, mais un jour tu seras grand et je voudrais que tu te souviennes de tout cela le temps venu. Voilà pourquoi je ne te parle pas comme à un enfant, mais comme à un adulte.” Dans ces occasions, pour désigner la maîtresse de la propriété, il disait “cette personne” ou encore “O-Yû *sama*” : “N'oublie pas O-Yû *sama* ! Si je t'emmène ainsi avec moi chaque année, c'est parce que je voudrais que tu te rappelles à quoi ressemblait cette personne”, disait-il et, sans bien comprendre d'abord le sens de ses paroles, mais poussé par la curiosité, si forte chez les enfants, gagné aussi par l'ardeur que respirait mon père, je l'écoutais avec toute l'attention dont j'étais capable, si bien que le sentiment qui animait son propos finissait par se communiquer à moi et que j'avais l'impression d'avoir tant bien que mal compris. Celle que mon père appelait O-Yû *sama* était née dans une famille d'Ôsaka, les Kosobe ; selon mon père, c'est à dix-sept ans qu'elle entra comme belle-fille dans la famille Kayukawa, qui l'avait distinguée à cause de sa beauté. Cependant son mari mourut au bout de quatre ou cinq ans, la laissant veuve à quelque vingt-deux ou vingt-trois ans. À notre époque, rien n'oblige évidemment une aussi jeune femme à rester veuve toute sa vie, et son entourage ne manquerait pas d'intervenir si un pareil cas se présentait, mais on était alors au début de l'ère Meiji et les coutumes de l'ancien régime étaient encore très vivaces ; par ailleurs, il semble qu'il y avait dans la maison paternelle, comme dans celle de ses beaux-parents, de vieux parents très à cheval sur les principes ; surtout, selon mon père, la jeune femme avait eu un fils de son défunt mari, ce qui faisait obstacle à son remariage. Comme en outre elle avait été choisie pour ses qualités personnelles, sa belle-mère aussi bien que son mari la traitaient avec les plus grands égards et elle menait chez eux une vie plus libre et plus confortable encore que du temps où elle vivait chez ses propres parents. Ainsi, même après son veuvage, il lui arrivait de se rendre en excursion en dehors de la ville entourée d'une foule de servantes, un luxe qu'elle pouvait se permettre en toute liberté. En somme, aux yeux d'un observateur extérieur, elle semblait mener une vie exempte de tout souci, et elle-même se laissait sans doute prendre dans le train quotidien de cette vie brillante et animée, de manière à ne ressentir aucune insatisfaction particulière. Telle était la situation d'O-Yû lorsque mon père la vit pour la première fois. Il avait alors vingt-huit ans, c'était avant ma naissance et lui-même était encore célibataire ; O-Yû, elle, avait vingt-trois ans. D'après ce qu'il m'a dit, cela se passait au début de l'été ; mon père s'était rendu au théâtre dans le quartier de Dôtombori en compagnie de sa sœur et de son beau-frère, mon oncle et ma tante ; O-Yû, elle, se trouvait dans une loge immédiatement derrière eux. Elle était en compagnie d'une jeune fille de seize à dix-sept ans, et était escortée en outre d'une vieille femme, gouvernante ou intendante, ainsi que de deux jeunes servantes ;

ces trois domestiques se tenaient derrière elle et l'éventaient chacune à son tour avec un éventail. Ma tante ayant salué O-Yû, mon père voulut savoir qui elle était et apprit qu'il s'agissait de la veuve Kayukawa. La jeune fille qui l'accompagnait était sa propre sœur cadette, une demoiselle Kosobe. "Elle me plut au premier regard !" m'a souvent répété mon père. À cette époque, hommes et femmes se mariaient également tôt et si mon père, qui était pourtant l'aîné et l'héritier de sa famille, était encore célibataire à vingt-huit ans, c'est qu'il se montrait particulièrement difficile dans le choix de sa compagne et refusait l'une après l'autre les propositions de mariage qui pleuvaient sur lui. On dit, il est vrai, qu'il fréquentait les maisons de thé, mais s'il avait bien eu quelques liaisons de ce côté-là, il lui répugnait de prendre pour épouse légitime une de ces femmes. Il avait, en d'autres termes, des goûts de prince ou de grand seigneur, il aimait par-dessus tout les femmes à l'allure aristocratique, celles qu'on se représente vêtues du manteau de cour *uchikake* et lisant, par exemple, le *Roman du Genji* à l'ombre d'une tenture. Une geisha n'aurait pas fait l'affaire. Quant à l'origine de ces exigences, apparemment peu en accord avec sa condition bourgeoise, il faut savoir que même à Ôsaka, des familles comme celles du quartier marchand de Senba imposaient à leurs domestiques une étiquette élaborée, accordaient une importance extraordinaire aux formes extérieures, et par certains traits l'emportaient dans leur aristocratisme sur tel petit *daimyô*, ce qui suffit à expliquer le caractère de mon père, qui était précisément issu d'un pareil milieu. Quoi qu'il en fût, mon père, lorsqu'il aperçut O-Yû, sentit qu'elle était le type de femme dont il rêvait depuis longtemps. Je ne sais ce qui fit naître en lui ce sentiment, mais sans doute dans le ton qu'elle prenait lorsqu'elle s'adressait à ses servantes et qu'il pouvait entendre puisqu'elle était placée immédiatement derrière lui, tout comme dans le reste de son comportement et de ses attitudes, il avait perçu cette aisance qui appartient aux femmes des grandes familles. Telle qu'on peut la voir sur les photographies, O-Yû avait des joues assez pleines et un visage rond et enfantin, mais à entendre mon père, si les lignes de son nez et de ses yeux étaient celles d'une belle femme comme il s'en trouve en assez grand nombre, son visage paraissait estompé par une légère brume, ses yeux, son nez, sa bouche, tous ses traits étaient imprécis, comme tendus d'un mince voile, dépourvus de toute ligne tant soit peu déterminée ou aiguë, et celui qui la regardait fixement avait l'impression que ses propres yeux se voilaient et qu'un halo de brouillard venait envelopper la seule personne de cette femme. Selon mon père, l'expression "noblement raffiné" que l'on rencontre dans nos anciens ouvrages désignait précisément ce genre de visage et c'était, disait-il, cette particularité qui faisait le prix d'O-Yû *sama.* Sans doute avait-il quelque raison pour penser ainsi. Les femmes au visage d'enfant ont souvent tendance à conserver longtemps leur air de jeunesse, si du moins les difficultés de la vie quotidienne ne viennent pas les flétrir, et, à en croire notamment ma tante, entre seize et quarante ans, le profil d'O-Yû n'avait pas subi le moindre changement, son visage restant toujours d'une fraîcheur aussi juvénile. Mon père, en tout cas, fut attiré au premier regard par ces traits voilés, par ce "noble raffinement", et il suffit d'observer une photographie d'O-Yû en gardant en mémoire les goûts qui étaient les siens pour comprendre qu'il ait pu être séduit par elle. Pour le dire en un mot, la personne d'O-Yû respirait le genre d'atmosphère que l'on trouve dans l'aspect des anciennes poupées de Cour, un mélange d'éclat rayonnant et de grâce classique, évoquant les figures presque inaccessibles de quelques grandes dames du palais. Tel était l'air qui imprégnait tous les traits du visage d'O-Yû. Ma tante, sœur cadette de mon père, avait été une amie d'enfance d'O-Yû et, adolescentes, elles fréquentèrent le même maître de *koto* ; aussi apprit-elle alors à mon père les nombreux détails qu'elle connaissait sur l'enfance, la famille, le mariage d'O-Yû. Celle-ci possédait de nombreux frères et sœurs : outre la sœur cadette qu'elle avait amenée avec elle au théâtre, elle en avait encore d'autres plus âgées et plus jeunes qu'elles, mais de toutes, c'était elle la préférée de ses parents, qui lui réservaient un traitement de faveur, et lui passaient, dit-on, tous ses caprices. Sans doute ce traitement était-il dû pour une part à la beauté qui distinguait O-Yû de tous ses frères et sœurs, mais ces derniers à leur tour considéraient tous O-Yû comme un être à part et trouvaient naturels les privilèges dont elle jouissait. Pour parler comme ma tante, "O-Yû était l'enfant chérie de la fortune". Non qu'elle réclamât elle-même ces faveurs, ni qu'elle se conduisît d'une manière arrogante ou capricieuse ; c'était au contraire son entourage qui cherchait à la ménager de manière qu'elle seule n'eût jamais à éprouver la moindre peine, qui la choyait et l'entourait de soins telle une princesse. Chacun aurait donné sa vie pour lui éviter les épreuves de ce monde. O-Yû était ainsi faite que tous, ses parents, ses frères et sœurs, ses amies, tous ceux qui l'approchaient, étaient conduits à agir ainsi avec elle. Lorsque ma tante, adolescente, se rendait chez O-Yû, elle avait pu voir, elle aussi, que celle-ci était traitée comme un véritable trésor de la famille Kosobe, qu'on ne lui laissait pas faire de ses propres mains la moindre tâche quotidienne, que ses autres sœurs enfin prenaient soin d'elle comme si elles étaient des servantes, et cela de la manière la plus naturelle, tandis qu'O-Yû, qui était l'objet de ces attentions, les recevait dans la plus parfaite innocence. Ayant entendu les propos de ma tante au sujet d'O-Yû, mon père n'en aima celle-ci que davantage, mais ensuite quelque temps s'écoula sans qu'aucune occasion favorable se présentât. Un jour enfin, ma tante, qui avait appris qu'O-Yû s'apprêtait à prendre part à un récital de *koto*, vint annoncer la nouvelle à mon père. S'il avait envie de la rencontrer, elle se proposait de l'y accompagner. Ce jour-là O-Yû avait lissé ses cheveux, revêtu le manteau de cour *uchikake*, et, après avoir brûlé de l'encens, joua la pièce intitulée *Yuya*. De nos jours encore lorsqu'on interprète une de ces œuvres dont l'exécution nécessite une autorisation spéciale du maître, la coutume est d'organiser une séance extrêmement solennelle, exigeant une dépense considérable, si bien que les maîtres proposent volontiers ces morceaux à leurs disciples les plus fortunés ; O-Yû, qui, pour se distraire, prenait des cours de *koto*, s'était sans doute vu conseiller cette œuvre par le sien. J'ai moi-même entendu sa voix, dont j'ai pu, comme je l'ai dit, apprécier la qualité, de sorte que sachant quelle personne était O-Yû, il me suffit de repenser à cette voix pour en ressentir à nouveau tout le charme. Mon père, lui, l'entendait chanter et s'accompagner au *koto* pour la première fois et elle produisit sur lui une très forte impression. Il avait aussi la surprise inespérée de la voir revêtue du manteau de Cour : ainsi, le rêve qu'il chérissait depuis si longtemps devenait réalité au point qu'il devait douter de ses yeux au milieu de sa joie et de son étonnement. Quoi qu'il en fût, lorsqu'à la fin du concert ma tante alla retrouver O-Yû derrière la scène, celle-ci portait encore son costume et lui expliqua qu'elle se souciait peu de ce qu'elle avait joué, mais qu'elle avait toujours désiré pouvoir revêtir ne serait-ce qu'une fois ce manteau. Elle aurait aussi souhaité qu'on la prît en photo avant qu'elle ne se déshabillât. Mon père, quand il eut appris le souhait exprimé par O-Yû, comprit que les goûts de celle-ci s'accordaient aux siens. S'étant dit alors que nulle autre qu'O-Yû ne serait son épouse et reconnaissant en elle la femme qu'il imaginait en secret depuis longtemps, il s'arrangea pour laisser deviner ses intentions à ma tante. Celle-ci connaissait bien la situation d'O-Yû, et tout en montrant de la compréhension pour les sentiments de mon père, elle lui conseilla de renoncer à un projet impossible. Elle lui dit qu'il y aurait eu moyen d'entreprendre une démarche s'il n'y avait pas eu d'enfant, mais qu'O-Yû avait la charge d'un fils en bas âge, dont elle devait faire l'éducation. Il s'agissait, qui plus est, d'un héritier sur lequel reposaient les espoirs de la maison et il était hors de question qu'elle l'abandonnât en quittant la famille Kayukawa. Il fallait enfin compter avec sa belle-mère ; sa propre mère était décédée, mais son père était encore en bonne santé ; or, si ces vieilles personnes laissaient tant de liberté à O-Yû, c'est qu'elles plaignaient sa condition de jeune veuve et cherchaient dans leur compassion à lui faire oublier autant que possible sa solitude ; c'était en même temps une façon de lui demander de rester toute sa vie fidèle à la mémoire de son mari ; O-Yû le comprenait bien, elle qui en s'adonnant aux divertissements les plus brillants n'avait jamais donné prise à aucune rumeur d'inconduite. Aussi ma tante était-elle persuadée que l'intéressée elle-même ne se résoudrait jamais à un remariage. Mais mon père, qui ne pouvait pas renoncer, supplia ma tante de lui arranger de temps à autre, sans qu'il fût question de mariage, une rencontre avec O-Yû. Il lui suffirait, lui dit-il, de la voir pour être content. Devant l'insistance de mon père, ma tante ne put se résoudre à rejeter cette seconde demande, mais comme son intimité avec O-Yû remontait au temps de leur jeunesse et qu'elles s'étaient depuis éloignées l'une de l'autre, il ne lui était guère plus facile de la satisfaire. Aussi, après maintes réflexions, lui suggéra-t-elle d'épouser la sœur cadette d'O-Yû. Puisque de toute façon il ne voulait de personne d'autre, ne pourrait-il se résigner à épouser la sœur ? En effet s'il n'y avait aucun espoir du côté d'O-Yû, il ne devait pas en revanche y avoir d'obstacles pour obtenir la main de cette dernière. Il s'agissait d'O-Shizu, la jeune fille qu'O-Yû avait amenée avec elle au spectacle. Une autre cadette, plus âgée qu'O-Shizu, avait déjà trouvé un mari, tandis qu'O-Shizu venait seulement de parvenir à l'âge de se marier. Mon père, qui l'avait vue au théâtre, se souvenait de son visage et les paroles de ma tante lui donnèrent sans doute à réfléchir. On ne pouvait pas dire qu'O-Shizu ne fût pas une beauté. Si les traits de son visage différaient de ceux d'O-Yû, elles n'en étaient pas moins sœurs et il y avait bien quelque chose en elle qui rappelait ceux de son aînée. Ce qui lui manquait surtout, c'était ce "noble raffinement" qui caractérisait O-Yû, dont elle ne possédait pas la distinction. À la voir seule on ne s'avisait de rien, mais pour peu qu'elle parût auprès de sa sœur, il y avait entre elles la distance qui sépare une maîtresse de sa suivante. Aussi il n'aurait sans doute pas été question de ce mariage si O-Yû et O-Shizu n'avaient pas été parentes ; il se trouvait cependant qu'O-Shizu était la sœur cadette d'O-Yû, le même sang coulait dans leurs corps, et mon père pour cette raison s'était pris d'affection pour elle. Se résigner pour autant à l'épouser n'était cependant pas une décision facile à prendre. En premier lieu, mon père avait quelques scrupules à le faire avec les intentions qui étaient les siennes, et puis il voulait à tout prix conserver la pureté du sentiment qu'il éprouvait envers O-Yû et rester toute sa vie fidèle à celle qu'il avait épousée dans le secret de son cœur : le fait d'en épouser une autre, même une sœur, ne pouvait que compromettre la tranquillité de sa conscience. D'un autre côté, s'il y réfléchissait bien, en épousant la sœur, il se ménageait de nombreuses occasions de rencontrer O-Yû et de s'entretenir avec elle, alors que dans le cas contraire il lui faudrait compter toute sa vie sur de rares rencontres de hasard. À cette pensée, il était saisi d'une angoisse intolérable. Tandis que mon père continuait ainsi à se torturer, une entrevue fut arrangée entre lui et O-Shizu. À vrai dire, même alors, il ne s'était pas encore fermement résolu à demander O-Shizu en mariage, et il s'agissait surtout pour lui, sous prétexte d'entrevue, de revoir, ne serait-ce qu'une fois de plus, O-Yû. Son manège fut couronné de succès, car O-Yû assista à toutes les entrevues et rencontres qui eurent lieu entre les familles. Les Kosobe avaient perdu leur mère, et O-Yû étant maîtresse de son temps, O-Shizu passait chaque mois une quinzaine de jours chez les Kayukawa, au point qu'on la considérait presque comme une enfant de la maison. Ainsi O-Yû fut-elle étroitement associée aux démarches concernant sa sœur, ce qui constituait pour mon père une chance inespérée. Comme il n'avait au départ d'autre but que celui-ci, il fit son possible pour que l'affaire traînât en longueur, exigeant une seconde, puis une troisième entrevue, laissant s'écouler environ six mois sans rien conclure, tandis qu'O-Yû se mettait à rendre de fréquentes visites à ma tante pour l'entretenir de cette question. Entre-temps elle eut l'occasion d'adresser la parole à mon père et apprit peu à peu à le connaître. C'est ainsi qu'un jour, se tournant vers lui, elle lui demanda :

« “O-Shizu vous déplaît-elle ?

« — Au contraire, lui répondit mon père.

« — Eh bien, épousez-la donc”, lui dit-elle alors et elle l’invita vivement à se marier avec sa sœur. Puis se retournant vers ma tante, elle lui aurait dit d’une manière encore plus explicite qu’O-Shizu était de tous ses frères et sœurs celle qui lui était la plus proche, que pour cette raison elle désirait lui donner pour compagnon un homme comme M. Seribashi, qu’elle-même enfin serait enchantée d’avoir un homme tel que lui pour beau-frère. Ce sont précisément ces paroles d’O-Yû qui décidèrent mon père, et le mariage fut célébré peu de temps après. Voici donc comment les choses se sont passées. O-Shizu fut ma mère, et O-Yû ma tante, même si tout n’a pas été aussi simple. J’ignore quel sens mon père attribua aux paroles d’O-Yû, mais O-Shizu, au soir de ses noces, lui déclara en pleurant que si elle avait consenti à ce mariage, c’était parce qu’elle avait deviné le cœur de sa sœur aînée ; qu’elle ne pouvait, par égard pour elle, se donner à lui et qu’elle se contenterait toute sa vie de n'être sa femme qu'aux yeux des autres, pourvu qu'il rendît sa sœur heureuse.

« Mon père crut rêver en entendant ces propos. Certes il aimait secrètement O-Yû, mais il ne lui était pas même venu à l'esprit que sa passion pût être connue d'elle, encore moins s'imaginait-il qu'il pût être aimé en retour.

« "Comment as-tu découvert les sentiments de ta sœur ?" pressa-t-il O-Shizu qui était en pleurs. "Pour parler ainsi il faut que tu aies eu quelque preuve, ou bien est-ce O-Yû qui s'en est ouverte à toi ?

« — Ce ne sont pas des choses dont on parle ou à propos desquelles on puisse poser des questions, répondit O-Shizu, mais je sais à quoi m'en tenir."

« Il était étonnant qu'une jeune fille encore ignorante du monde comme l'était alors O-Shizu, ma mère, se soit avisée d'un pareil secret. Cependant, comme mon père le sut plus tard, la famille Kosobe avait d'abord décidé de décliner sa proposition à cause de la différence d'âge, qui leur semblait excessive, et O-Yû avait commencé par se ranger à l'avis général. Puis, un jour qu'O-Shizu était allée lui rendre visite :

« “Si tu m'en crois, lui dit-elle, il n'y a pas de meilleur parti. Ce n'est certes pas de mon futur mari à moi qu'il s'agit, mais le fait que tout le monde soit contre ce mariage n'est pas une raison suffisante. Si seulement il ne te déplaît pas, tu pourrais leur faire savoir toi-même que tu veux l'épouser. Je te servirai alors d'intermédiaire et arrangerai tout pour le mieux.

« — Ce ne peut être une mauvaise idée, puisqu'elle te plaît autant”, répondit O-Shizu, qui n'avait pas d'avis bien arrêté. “Si tu penses que je dois accepter, je le ferai.

« — Je suis heureuse de t'entendre parler ainsi, dit O-Yû. Une différence d'âge de douze ans n'est pas sans exemples ; surtout, je sens que je vais m'entendre avec lui. Si nos autres sœurs, en se mariant, ont fini par s'éloigner de nous, je voudrais que, toi seule, personne ne t'enlève à moi. Or avec cet homme, je n'aurai pas l'impression de t'avoir perdue, mais d'avoir au contraire un frère en plus. Tu croiras peut-être qu'en te parlant ainsi je veux t'imposer cet homme pour des raisons égoïstes, mais je suis sûre qu'une personne qui me convient te conviendra aussi. Écoute-moi, ne serait-ce que par égard pour ta sœur aînée. Si on te donnait à un homme qui me déplaît, je perdrais mon unique compagne de jeux et je me sentirais irrémédiablement seule."

« O-Yû, je l'ai déjà dit, avait toujours été la préférée de toute sa famille et son éducation ne lui avait pas ouvert les yeux sur le caractère égoïste de ses caprices ; aussi pourrait-on ne voir dans ce dernier propos qu'une nouvelle illustration de la façon dont elle abusait d'une sœur cadette qui lui était très proche, si O-Shizu n'avait pas perçu dans l'attitude d'O-Yû un accent qui n'était pas ordinairement le sien lorsqu'elle sollicitait une faveur. D'habitude, O-Yû adoptait des manières d'autant plus charmantes qu'elle faisait preuve d'égoïsme ou se montrait déraisonnable, mais cette fois, sous la grâce innocente couvait une sorte d'ardeur. Quand bien même O-Yû n'en aurait pas pris conscience, O-Shizu ne pouvait-elle s'en être aperçue ? Les femmes réservées réfléchissent beaucoup, même quand elles ne parlent guère, et O-Shizu, qui était de cette espèce, avait sans doute compris bien d'autres choses encore. Depuis qu'elle s'était liée d'amitié avec mon père, le visage d'O-Yû avait repris des couleurs, elle ne cessait de parler de lui dans ses conversations avec O-Shizu et on aurait dit qu'elle ne connaissait pas de plus grand plaisir.

« "Tout cela n'est qu'un effet de ton imagination", dit mon père à O-Shizu, d'un ton faussement détaché et tâchant de dissimuler les battements de son cœur. "Je conçois que tu puisses nourrir quelque frustration à propos de notre mariage, mais enfin chose promise, chose due ! Le respect que tu montres pour ta sœur aînée est assurément admirable, mais en voulant à tout prix satisfaire à un devoir que tu t'es arbitrairement imposé, qui est contraire à toute logique et qui me blesse cruellement, tu vas certainement à l'encontre des véritables intentions de ta sœur. Rien ne laisse supposer qu'elle souhaite une chose pareille, et elle serait bien embarrassée si elle l'apprenait.

« — Mais n'est-ce pas pour nouer un lien de famille avec ma sœur aînée que vous m'avez demandée en mariage ? Ma sœur l'a entendu dire à la vôtre si bien que j'en étais, moi aussi, prévenue. Tant de partis se sont présentés à vous jusqu'à présent sans que vous montriez le moindre intérêt ! Si une personne aussi difficile que vous a choisi d'épouser une femme ordinaire comme moi, ce ne peut être qu'à cause de ma sœur aînée."

« Mon père baissa les yeux à court de réponse.

« "Comme ma sœur serait heureuse, reprit-elle, si je pouvais d'un mot la rassurer sur la sincérité de votre sentiment ; mais cela ferait naître une contrainte entre vous, et je préfère ne rien lui dire pour l'instant. Mais il faut que vous soyez franc avec moi, je vous en voudrais autrement !

« — Je ne devinais pas l'étendue de ton dévouement !" dit mon père en versant à son tour des larmes. "Je n'oublierai jamais ta générosité. Cependant cette personne n'est rien d'autre qu'une sœur pour moi et tu n'y changeras rien, quoi que tu fasses. C'est pourquoi si tu prétends rester fidèle à ce que tu imagines être ton devoir, tu nous feras seulement souffrir, elle et moi. Quels que soient les motifs d'insatisfaction que tu trouves dans ce mariage, si du moins tu ne me détestes pas trop, par égard enfin pour ta sœur, cesse de me parler comme une étrangère et soyons, s'il te plaît, mari et femme ! Ne pourrions-nous ainsi continuer tous deux à vénérer en elle notre sœur aînée ?

« — Suis-je un monstre pour vous détester et pour avoir des sujets de plainte ou d'insatisfaction ? J'ai toujours suivi en tout l'avis de ma sœur et il me suffit que vous lui plaisiez pour vous aimer. Puisque je ne pouvais accepter pour époux un homme aimé d'elle, je n'aurais pas dû normalement consentir à ce mariage. Mais je me suis dit que refuser, c'était mettre les convenances sociales en travers de vos relations. Ainsi, c'est moi qui, en vous épousant, ai voulu vous servir de sœur.

« — Aurais-tu l'intention de sacrifier ta vie à ta sœur aînée ? Et la crois-tu capable d'accepter avec joie un tel sacrifice ? N'est-ce pas une manière de salir cette personne si innocente ?

« — Je serais malheureuse que vous l'interprétiez ainsi. J'entends moi aussi respecter l'innocence de ma sœur. Si celle-ci reste chaste par fidélité à la mémoire de mon défunt beau-frère, je voudrais à mon tour préserver ma chasteté par considération pour elle. Je ne suis pas la seule à sacrifier mon existence, n'en fait-elle pas de même ? Vous l'ignorez peut-être, mais ma sœur a été douée depuis sa naissance d'un caractère et d'une beauté qui lui ont valu de jouir d'une affection exceptionnelle de son entourage ; tous les membres de notre famille d'un commun accord l'ont toujours entourée de soins particuliers, comme un enfant qui nous aurait été confié par un *daimyô.* Sachant les sentiments qu'elle a pour vous, en même temps que la règle de conduite qui la lie, je ne pourrais lui enlever l'homme qu'elle aime sans me sentir coupable d'un crime. Si elle m'entendait, elle me dirait sans doute que je me fais des idées, mais vous au moins faites preuve de compréhension ! Quant à moi, peu m'importe ce qu'en penseront les autres, j'agirai de manière à être en paix avec moi-même. Puisque dans ce monde un être fait pour être heureux comme ma sœur doit voir tous ses vœux contrariés, je voudrais, insignifiante comme je suis, employer tous mes efforts pour lui donner ne serait-ce qu'un peu de bonheur. Dès le début, c'est dans cet esprit que j'ai accepté de devenir votre femme. Adoptez la même attitude, conduisez-vous aux yeux du monde comme si nous étions mari et femme, tout en observant secrètement la chasteté. Si vous êtes incapable de cet effort, c'est que vous ne ressentez pas envers ma sœur la moitié de l'amour que je lui porte."

« Mon père ne voulait pas s'avouer vaincu par une femme, et n'eut plus en tête que de se montrer à la hauteur d'un tel sacrifice.

« "Non, lui dit-il, je te remercie, c'est toi qui as raison. Puisqu'elle garde son veuvage, je resterai veuf moi aussi jusqu'à la fin de mes jours. C'était bien mon intention première et c'est uniquement parce que je ne voulais pas te contraindre également à mener une vie de nonne que j'ai parlé comme tout à l'heure. Mais j'ai entendu ton cœur, véritablement divin, et je n'ai pas de mots pour exprimer ma gratitude. Puisque tu as pris ta décision, je n'ai rien à redire. Donnerai-je l'impression de manquer de cœur si j'avoue que je suis moi aussi heureux qu'il en soit ainsi ? Je sais qu'aucun devoir naturel ne me donne le droit d'attendre de toi une telle attitude, je m'en remets donc, sans plus rien dire, à ta seule générosité."

« Il prit la main d'O-Shizu et la reçut avec toutes les marques du respect. Ils passèrent toute la nuit en conversation, sans fermer l'œil.

« Ainsi, aux yeux de tous, mon père et O-Shizu formèrent un couple tendrement uni et ignorant les querelles, alors qu'en réalité ils ne partageaient pas la couche conjugale. O-Yû elle-même ignorait tout de ce vœu et du sacrifice dont elle était l'objet. En voyant l'harmonie qui régnait dans ce ménage, elle ne cessait de se féliciter devant les autres membres de sa famille de ce qu'on eût suivi ses conseils. Dès lors il ne se passa pas de jour sans que d'un côté ou de l'autre on ne se rendît visite, et lorsqu'il s'agissait d'aller au spectacle ou en excursion, le couple Seribashi était nécessairement de la partie. On m'a dit qu'ils s'invitaient fréquemment les uns les autres à des voyages qui pouvaient se prolonger deux à trois jours. À ces occasions, ils dormaient tous les trois côte à côte dans la même chambre et cela devint peu à peu une habitude, si bien que, en dehors même de ces déplacements, il arrivait à O-Yû de garder chez elle les Seribashi pour la nuit ou de rester à son tour dormir chez eux. Longtemps après, mon père racontait avec nostalgie qu'O-Yû, au moment de se coucher, disait toujours à sa sœur : "Shizu-san, viens me réchauffer les pieds", et l'attirait dans son lit. Étant frileuse des pieds, elle avait en effet de la peine à s'endormir, tandis que le corps d'O-Shizu était particulièrement chaud et réchauffer les pieds de son aînée avait toujours fait partie de ses attributions.

« "Depuis que tu t'es mariée, s'excusait O-Yû, je t'ai remplacée par des servantes, mais elles ne savent pas y faire comme toi. Sans doute parce qu'il s'agit d'une habitude invétérée, une chaufferette ou une bouillotte ne me suffisent pas.

« — Ne t'en fais pas ainsi pour moi ! N'est-ce pas pour te faire retrouver tes vieilles habitudes que je suis là ?" répondait

O-Shizu en s'empressant de se glisser dans le lit d'O-Yû, où elle lui tenait compagnie jusqu'à ce qu'O-Yû lui dît qu'elle était sur le point de s'endormir et qu'elle pouvait la laisser. À propos des manières princières d'O-Yû, j'ai entendu rapporter beaucoup d'autres détails encore. Elle disposait pour son service quotidien de trois ou quatre servantes et lorsqu'elle se rendait à son cabinet de toilette l'une lui versait de l'eau à l'aide d'un puisoir à manche, tandis que l'autre tenait une serviette. O-Yû se contentait d'étendre ses mains humides et la servante qui attendait avec la serviette les essuyait avec soin. Elle ne se servait pratiquement pas de ses mains, ni pour enfiler une chaussette ni pour prendre son bain. Tout cela, même à cette époque, peut certes paraître un luxe excessif pour une femme de condition marchande, mais au moment de la donner en mariage à la famille Kayukawa, son père avait pris la précaution de s'en expliquer avec celle-ci : sa fille avait été élevée de la sorte et il était trop tard pour lui faire changer d'habitudes ; puisqu'ils tenaient à ce point à elle, il les priait instamment de la traiter comme elle l'avait été jusqu'alors. Ainsi, même mariée, puis en charge d'un enfant, O-Yû paraît ne s'être jamais départie de la calme assurance qui la caractérisait adolescente. Mon père disait souvent qu'en se rendant chez O-Yû, il lui semblait pénétrer dans les appartements d'une dame du palais. Il est vrai que le style en correspondait parfaitement à ses goûts, ce qui explique sans doute en partie qu'il ait eu cette impression. Au demeurant, tous les ustensiles qui se trouvaient dans la chambre d'O-Yû étaient de la facture la plus exquise, décorés de motifs traditionnels de la Cour ; et du porte-serviettes jusqu'au bassin, tout n'était, disait-il, que bois ciré ou laque dorée. Au lieu de la cloison coulissante habituelle, la séparation de cette chambre avec une seconde pièce était assurée par un grand chevalet sur lequel on suspendait chaque jour un assortiment de robes *kosode.* C'est là que se tenait O-Yû, non pas certes sur un plancher surélevé comme dans les maisons anciennes, mais du moins appuyée sur un accoudoir. À ses heures de loisir, elle sortait le nécessaire à parfumer les vêtements et brûlait du bois d'encens pour en imprégner ses robes ; ou encore, entourée de ses dames de compagnie, elle organisait des séances de reconnaissance de parfums, s'amusait au jeu du lancer d'éventails, ou passait le temps autour d'une table de *go.* Une personne comme O-Yû ne pouvait goûter qu'à des distractions distinguées. Bien qu'elle ne sût pas le *go,* elle aimait la table ancienne en laque dorée qui était en sa possession, décorée de motifs représentant les herbes d'automne, et elle s'adonnait à quelque jeu simple, comme celui qui consiste à aligner des séries de cinq pions, dans le seul but de s'en servir. Pour les trois repas de la journée, elle usait d'une vaisselle aussi délicate qu'un service de poupée et mangeait son riz dans des bols de laque. Lorsqu'elle avait soif, un domestique apportait un bol à thé sur le plateau destiné à cet usage ; si elle voulait fumer, un homme se tenait auprès d'elle pour bourrer et allumer sa longue pipe après chaque bouffée. La nuit, on dressait près de son lit un paravent peint dans le style de Kôrin ; au réveil, s'il faisait froid, on étendait dans sa chambre un tapis de papier huilé et on lui changeait plusieurs fois le baquet ou la cuvette d'eau chaude pour qu'elle se lavât le visage. Comme tout était à l'avenant, chacun de ses déplacements exigeait d'importants préparatifs et, en voyage, elle était toujours accompagnée d'au moins une servante, tandis qu'O-Shizu veillait continuellement à tout et que mon père lui-même apportait son aide. Chacun se voyait attribuer une fonction : porter ses bagages, l'habiller, la masser, de telle sorte qu'elle n'eût à subir aucun inconfort. Son fils était alors déjà sevré et il y avait en outre une nourrice pour s'occuper de lui, si bien qu'il ne lui arrivait presque jamais de le prendre avec elle. Mais une fois, alors qu'ils étaient allés admirer les cerisiers à Yoshino, le soir à l'hôtel, O-Yû déclara qu'elle avait une montée de lait et demanda à O-Shizu de lui téter le sein. Mon père, qui était témoin de la scène, dit en riant qu'elle s'y prenait très adroitement.

« "C'est que j'en ai l'habitude, lui répondit O-Shizu. Aussitôt après l'accouchement, Hajime a été confié à une nourrice, et ma sœur m'a souvent demandé de la soulager en lui tétant le sein."

« Et comme mon père l'interrogeait sur le goût qu'avait ce lait :

« "Je n'ai pas gardé de souvenir du temps où je tétais ma mère, mais quand j'en bois aujourd'hui, je le trouve d'une étonnante douceur. Goûtez-en, vous aussi", lui répondit-elle en recueillant dans une tasse le lait qui dégouttait du mamelon et en le lui présentant. Mon père en prit donc un peu sur le bout de sa langue et dit, avec une indifférence feinte, qu'il était en effet très sucré ; mais comme il ne pouvait pas croire qu'O-Shizu eût agi sans aucune intention particulière, ses joues s'empourprèrent malgré lui, et ne tenant plus en place, il se réfugia sur le balcon, répétant : “Quel drôle de goût ! quel drôle de goût !”, tandis qu’O-Yû, amusée, faisait entendre son rire sonore. À la suite de cet incident, O-Shizu se livra à des facéties de toute sorte, comme si elle trouvait désormais un malin plaisir à embarrasser ou à démonter mon père. Dans la journée, ils étaient entourés d’un grand nombre de gens et il ne leur arrivait que rarement de se retrouver seuls à trois, mais lorsque par chance une telle occasion se présentait, elle quittait soudain sa place, laissant mon père et O-Yû en de longs tête-à-tête, pour rentrer d’une manière tout aussi inopinée, quand mon père commençait à s’impatienter. Lorsqu’ils étaient assis l’un à côté de l’autre, elle mettait toujours mon père auprès d’O-Yû. En revanche, lorsqu’il s’agissait d’un jeu de cartes ou de quelque autre jeu de compétition, elle veillait à le placer en face d’O-Yû pour qu’il fût son vis-à-vis. O-Yû lui demandait-elle de lui serrer sa ceinture, elle déclarait que ce travail exigeait une main d'homme et le faisait faire à mon père ; s'agissait-il de mettre de nouvelles chaussettes, elle disait que l'agrafe en était dure et recourait encore à son aide, tout en observant sa gêne et son embarras. Il ne s'agissait à l'évidence que de plaisanteries innocentes et mon père savait bien qu'il n'y entrait ni méchanceté ni intention moqueuse, mais on ne pouvait exclure de la part d'O-Shizu le souci de faire fondre ainsi la réserve qui existait entre O-Yû et mon père, de telle sorte que, poussés par les circonstances, ils finissent un jour par s'avouer mutuellement leurs sentiments et par accorder leurs cœurs. Il semblait en tout cas qu'O-Shizu appelât de ses vœux quelque événement ou quelque léger faux pas de l'un ou de l'autre qui conduisît à un tel rapprochement.

« Les relations d'O-Yû avec mon père restaient néanmoins inchangées, lorsqu'un jour il apparut qu'un incident s'était produit entre O-Yû et O-Shizu. Comme mon père, qui ne se doutait de rien, était venu rendre visite à O-Yû, il la vit se détourner à sa vue pour dissimuler ses larmes. Surpris par ce spectacle inhabituel, il demanda à O-Shizu s'il s'était passé quelque chose, et celle-ci lui répondit que sa sœur savait tout. Cependant elle se contenta d'ajouter qu'elle s'était trouvée dans la nécessité de tout avouer à O-Yû, sans s'étendre sur les circonstances qui avaient amené cette conversation, si bien que mon père lui-même ne s'expliquait pas entièrement les raisons de son comportement. Sans doute O-Shizu avait-elle profité d'une occasion pour sonder O-Yû et pour l'entraîner sur ce sujet, se disant que le moment était venu de dire la vérité et qu'en apprenant que sa sœur et son beau-frère ne formaient pas un vrai couple, O-Yû leur ferait d'abord des reproches, mais qu'elle finirait malgré son trouble par accepter le fait accompli et se laisserait toucher par leur dévouement. Il était en effet dans l'habitude d'O-Shizu d'user d'habileté et de prendre les devants dans toutes sortes d'affaires et, sans doute à cause de l'extrême nervosité de son caractère, il y avait en elle depuis sa plus tendre jeunesse quelque chose qui faisait penser à la ruse d'une vieille geisha. Il semblait qu'elle eût pour vocation de se sacrifier corps et âme pour le bien de sa sœur aînée, et elle-même avouait qu'elle ne connaissait pas de plus grand bonheur que celui de prendre soin d'elle, et qu'il lui suffisait, sans qu'elle sût pourquoi, de contempler le visage d'O-Yû pour oublier tout et jusqu'à sa propre personne. Il lui arrivait sans doute de se rendre importune à force de soins, mais cela provenait toujours d'un dévouement si désintéressé pour sa sœur que celle-ci et mon père ne pouvaient que verser des larmes de reconnaissance. O-Yû fut d'abord stupéfaite :

« "J'ignorais que j'étais la cause d'un pareil péché ! En vous comportant comme vous le faites avec moi, vous me faites craindre pour ma rétribution dans l'autre monde !" disait-elle en proie à l'angoisse, et elle les suppliait, dans la mesure où ce n'était rien d'irrémédiable, de former un vrai couple à l'avenir.

« Cependant O-Shizu restait intraitable :

« "De toute façon, ce n'est pas sur ta demande que nous avons pris cette décision. Nous avons agi, Shinnosuke et moi, comme nous l'entendions, et tu n'as aucun souci à te faire, quoi qu'il arrive. Je n'aurais pas dû t'en parler. Excuse-moi. Le mieux, c'est que tu fasses comme si je n'avais rien dit."

« O-Yû chercha bien à espacer ses visites, mais leur amitié était connue de toute la famille et une brouille ouverte était hors de question, si bien que peu à peu l'ancienne intimité revint et que finalement le plan d'O-Shizu réussit à merveille. En effet, celui qui aurait pénétré jusqu'au fond du cœur d'O-Yû aurait sans doute remarqué qu'une détente s'y était opérée, comme si les liens dont elle s'était elle-même entourée de toutes parts s'étaient enfin relâchés : elle avait beau se révolter contre la preuve de dévouement que lui témoignait sa sœur, elle ne pouvait s'empêcher en même temps d'y consentir malgré elle. C'est dans la période qui suivit cet incident que se manifesta chez O-Yû ce détachement altier, cet état d'esprit consistant à se reposer en tout sur les soins dont l'entouraient mon père et sa sœur et à les laisser faire sans mot dire, sans qu'on sût si elle s'apercevait ou non de la peine qu'on prenait pour elle. C'est aussi à cette époque que mon père commença à employer pour la désigner l'expression "O-Yû *sama*". Un jour qu'il était question d'elle entre eux, O-Shizu lui avait dit : "Vous ne devriez plus dire 'sœur aînée' lorsque vous parlez de cette personne !" et il l'avait appelée ainsi, trouvant que ce terme honorifique convenait parfaitement à son caractère. Par la suite, cette manière de parler leur devint habituelle, si bien qu'un jour mon père finit par l'employer en présence d'O-Yû. Celle-ci la trouva tellement à son goût qu'elle permit à mon père et à O-Shizu de s'en servir lorsqu'ils parlaient entre eux. C'était sa façon d'exprimer sa reconnaissance pour tous les soins dont on l'entourait, tout en demandant qu'on comprît que depuis son enfance elle avait été habituée à les trouver naturels. En somme, voulait-elle dire, pourvu qu'on la traitât avec égard, elle n'avait aucune raison de se montrer mécontente. Pour donner un autre exemple de ses manières puériles et capricieuses, un jour elle dit à mon père : "Retenez votre respiration jusqu'à mon signal !" et elle mit la main devant ses narines. Cependant comme mon père n'y tenait plus et qu'il laissa échapper un peu d'air malgré ses efforts :

« "Je ne vous ai pas dit de souffler ! s'emporta O-Yû. Eh bien ! pour la peine... !" Et elle voulut lui fermer les lèvres avec ses doigts, puis, prenant un carré de soie plié en deux, et le maintenant par ses deux bouts, elle le lui appliqua sur la bouche. À ce moment son visage, naturellement enfantin, semblait celui d'un tout jeune enfant, et l'on n'aurait jamais dit qu'il fût celui d'une femme de plus de vingt ans. Ou bien :

« “Ne me regardez pas, lui ordonnait-elle, mettez les deux mains par terre devant vous, restez la tête baissée dans une attitude respectueuse. Et maintenant essayez de ne pas rire”, disait-elle en le chatouillant sous le menton ou sur les côtés. Ou encore : “Tâchez de ne pas crier !”, et elle le pinçait ici et là. Ces facéties lui procuraient un très vif plaisir.

« “J'entends que vous restiez éveillé, même lorsque je dors. Si vous avez sommeil, restez immobile en fixant mon visage endormi, et résistez de toutes vos forces !”

« Et tandis qu'elle s'endormait paisiblement, mon père à son tour se laissait envahir par la torpeur ; mais au moment où il s'assoupissait, elle se réveillait brusquement et le forçait à revenir à lui en lui soufflant dans les oreilles ou en lui chatouillant le visage avec des cordelettes de papier. D'après mon père, il y avait dans le caractère d'O-Yû un côté théâtral, qui, sans même qu'elle s'en rendît compte, imprégnait ses pensées les plus intimes, perçait dans tous ses gestes. Il n'y entrait d'ailleurs rien d'artificiel ou de déplaisant, et ce trait lui conférait au contraire de l'éclat et de la grâce. Là résidait, selon mon père, la principale différence entre les deux sœurs, à savoir que ce goût du spectacle était absent chez O-Shizu. Il n'y avait qu'O-Yû pour se livrer sans contorsions à tout ce cérémonial consistant à jouer du *koto* revêtue d'un manteau de Cour, à se tenir assise près d'un rideau de *kosode*, ou encore à boire dans des coupes de laque le saké que lui servaient ses suivantes.

« En tout cas les relations entre O-Yû et mon père n'auraient jamais pris cette tournure sans l'entremise d'O-Shizu. Comme ils étaient bien plus à l'abri des regards indiscrets au domicile des Seribashi que chez les Kayukawa, c'était la plupart du temps O-Yû qui rendait visite aux deux époux. O-Shizu, à force de ruse, sous prétexte que voyager en compagnie de domestiques était une dépense inutile et qu'avec elle O-Yû ne souffrirait aucun inconfort, réussit à organiser des excursions à trois, d'abord au sanctuaire d'Ise puis à celui de Kotohira. Elle s'habillait alors modestement à la manière d'une servante et faisait installer son lit dans la chambre attenante à la pièce principale. Chacun jouait son rôle, modifiant en conséquence son langage et son comportement. Si le plus simple eût été de faire croire au personnel de l'hôtel que mon père et O-Yû étaient mari et femme, O-Yû avait tendance à adopter le comportement d'une maîtresse, faisant apparaître mon père comme un chargé d'affaires ou un intendant, le traitant comme un artiste auquel elle aurait accordé sa protection et, lorsqu'ils partaient en voyage, O-Shizu et mon père ne l'appelaient pas autrement que "Madame". O-Yû y voyait un jeu qui l'amusait, et la plupart du temps n'y prêtait guère attention, mais au repas du soir, après avoir bu un peu de vin et s'être enhardie, elle en riait de son rire sonore et plein de gaieté. Il faut cependant que je dise ici, pour la défense d'O-Yû et de mon père, qu'alors même que leurs relations eurent atteint ce degré d'intimité, l'un comme l'autre ont toujours tenu à s'arrêter avant la dernière limite. On peut certes considérer qu'à ce stade il ne s'agissait plus que d'un détail sans grande importance ; et il est vrai aussi que cette seule circonstance ne constitue pas une excuse. Je veux croire, pourtant, là-dessus, la parole de mon père.

« "Il peut sembler", dit-il un jour à O-Shizu, "qu'au point où nous en sommes, les excuses n'aient plus guère de sens. Je te jure pourtant par tous les dieux et par tous les bouddhas que lors même qu'il nous arriverait de dormir côte à côte, nous ne cesserons jamais de respecter ce qui doit l'être. Peut-être ne l'entends-tu pas de cette façon, mais O-Yû *sama* et moi-même ne pourrions te fouler ainsi aux pieds, sans craindre pour notre rétribution dans l'autre monde. Mettons que ce soit pour notre propre tranquillité."

« S'il y avait une part de sincérité dans ce propos, la crainte d'une naissance y était probablement aussi pour quelque chose. Cependant la notion de chasteté peut s'entendre dans un sens étroit ou dans un sens large, et, par conséquent, on ne saurait affirmer non plus qu'O-Yû se soit gardée pure de toute souillure. À ce propos, je me souviens que mon père conservait précieusement, dans un coffre en bois de paulownia parfumé d'encens et dont l'inscription avait été rédigée de la main d'O-Yû, un *kosode* d'hiver ayant appartenu à celle-ci. Un jour il me montra le contenu de ce coffre. Il en sortit alors une longue chemise de soie teinte dans le style Yûzen qui était pliée sous le *kosode* et me la montra en disant :

« "C'est un vêtement que porta O-Yû *sama*. Vois comme ce crêpe est lourd !"

« En le soupesant, je compris qu'il s'agissait d'un tout autre tissu que ceux qu'on fabrique aujourd'hui. C'était un crêpe d'époque, aux côtes profondes, au fil de soie épais, qui retombait lourdement telle une cote de maille.

« "Eh bien, est-il lourd ?" me demanda

mon père, et comme je lui répondais affirmativement, il hocha la tête d'un air entendu :

« "Un crêpe de qualité ne se reconnaît pas seulement à sa souplesse, mais encore à la profondeur de ses côtes. Si après être passée sur la surface rugueuse de celui-ci, la main atteint le corps de la femme, elle n'en sera que plus sensible à la douceur de la peau. Inversement, il faut que la femme qui porte ce crêpe ait une peau souple, pour que le grain en apparaisse avec toute la netteté et le relief souhaitables et qu'il se révèle vraiment agréable au toucher. O-Yû avait des membres d'une grande finesse, et ce crêpe pesant le faisait ressortir encore plus, lorsqu'elle le portait."

« En disant cela, il avait repris la chemise et la soupesait à son tour dans ses deux mains :

« "Ah ! son corps était fait pour supporter un tel poids !" s'écria-t-il en pressant le vêtement contre sa joue, et on eût dit qu'il tenait O-Yû en personne dans ses bras.

« Quand votre père vous a montré la chemise d'O-Yû, vous deviez être presque adulte, n'est-ce pas ? » demandai-je alors, en interrompant pour la première fois le récit de l'homme, que j'avais jusque-là écouté en silence. « Un tel aveu aurait été difficile à comprendre pour un enfant !

— Pas du tout, je devais avoir dix ans tout au plus, mais mon père, en s'adressant à moi, refusait de voir mon jeune âge. Sur le moment, bien sûr, je ne comprenais pas ses paroles, mais je les retenais littéralement et leur sens m'apparut progressivement à mesure que mon jugement mûrissait.

— Mais alors, si vous permettez que je vous pose cette question, les relations de votre père avec O-Yû étant ce que vous dites, de qui donc êtes-vous le fils ?

— Je comprends parfaitement votre question et mon récit resterait incomplet, si je n'y apportais pas de réponse. Aussi vous serai-je reconnaissant de m'écouter encore quelques instants. Cette liaison hors du commun de mon père avec O-Yû ne dura pas longtemps, trois-quatre ans au plus à compter de l'année des vingt-quatre ans d'O-Yû. Dans l'année de ses vingt-sept ans, Hajime, le fils qui lui était resté de son mari, succomba à une pneumonie consécutive à une rougeole, et sa mort, par les graves conséquences qu'elle entraîna sur la situation d'O-Yû, bouleversa de fond en comble l'existence de mon père. Depuis quelque temps déjà, les relations étroites d'O-Yû et des époux Seribashi, qui ne suscitaient aucune remarque de la part de la famille Kosobe, étaient devenues chez les Kayukawa l'objet de fréquentes discussions entre la belle-mère d'O-Yû et les autres membres de la famille, dont certains déclaraient qu'ils trouvaient incompréhensible l'attitude d'O-Shizu. Celle-ci avait beau s'ingénier, il était inévitable qu'avec le temps des soupçons finissent par se faire jour, et tandis que s'exprimaient de plus en plus ouvertement des reproches tels que : "la femme de Seribashi est décidément trop sage !" ou encore : "il y a des limites aux égards qu'on doit à une sœur aînée !", seule ma tante, qui avait deviné le secret des trois amis, se rongeait d'inquiétude pour eux. Cependant, si les Kayukawa eux-mêmes avaient d'abord refusé de tenir compte de ces rumeurs, à la mort de Hajime, O-Yû fut critiquée pour sa négligence, non sans motif au demeurant, car si elle ne manquait pas d'affection pour son fils, elle s'était habituée depuis longtemps à s'en remettre en tout à la nourrice, et c'était, disait-on, au moment où elle avait quitté son chevet pour s'accorder une demi-journée de repos que l'état de l'enfant avait empiré et qu'il avait contracté une pneumonie. Tant que l'enfant était vivant, O-Yû était un membre important de la famille ; mais il était mort désormais ; des rumeurs peu flatteuses circulaient depuis quelque temps au sujet d'O-Yû, qui était encore dans la fleur de l'âge. Aussi fut-on d'avis qu'il était préférable de la renvoyer chez elle sans attendre les complications, et au terme de longues et laborieuses discussions sur son sort, il fut convenu à l'amiable et dans l'intérêt des deux parties que son nom serait rayé du registre familial des Kayukawa. O-Yû s'en retourna habiter dans sa maison natale, mais la direction de la famille Kosobe était passée dans les mains de son frère, et même si ce dernier fit tout son possible pour accueillir dignement une sœur que ses parents avaient tant choyée et dont le renvoi ressemblait à une brimade, elle ne jouissait pas de la même liberté que du temps de ses parents et ressentait en tout une contrainte perpétuelle. O-Shizu lui proposa bien de venir s'installer chez elle si elle se sentait gênée chez les Kosobe, mais son frère mit un terme aux conversations qui s'étaient engagées à ce propos en manifestant sa désapprobation. Selon O-Shizu, il avait probablement appris la vérité et le fait qu'au bout d'un an environ, il ait engagé O-Yû à se remarier confirme cette supposition. Il s'agissait d'un certain Miyazu, un brasseur de saké de Fushimi, homme d'un âge assez avancé, qui était en relation avec les Kayukawa et connaissait depuis longtemps le caractère fastueux d'O-Yû. Devenu veuf récemment, il demandait sa main avec empressement. Si O-Yû acceptait de venir chez lui, il ne l'installerait pas dans son magasin de Fushimi, mais agrandirait pour elle la villa qu'il possédait aux abords de l'étang d'Ogura et la ferait reconstruire dans le goût des pavillons de thé traditionnels, d'une manière qui ne manquerait pas de lui plaire. C'était une proposition très courtoise, qui ne présentait que des avantages et promettait à O-Yû des conditions d'existence encore plus somptueuses que celles qu'elle avait connues chez les Kayukawa. Son frère se montrait très enclin à accepter : “C'est une véritable chance pour toi”, cherchait-il à la persuader. “Épouser cet homme et confondre tous ceux qui font circuler des bruits sur toi, n'est-ce pas ce qu'il y a de mieux à faire ?” Ne s'en tenant pas là, il convoqua O-Shizu et mon père et leur demanda avec insistance d'approcher adroitement O-Yû et de la convaincre, ne serait-ce, dit-il, que pour faire taire les rumeurs. À ce moment, il ne restait plus à mon père, s'il se décidait à rester fidèle jusqu'au bout à sa passion, que la solution du double suicide. À la vérité, il s'y serait résolu plusieurs fois, mais ne put mener à bien son projet à cause de la présence d'O-Shizu. Pour résumer en un mot ses sentiments, il ne se croyait pas en droit de mourir en laissant O-Shizu seule derrière lui, mais il ne voulait pas non plus d'un suicide à trois. C'était aussi, semble-t-il, la hantise d'O-Shizu. "Surtout, prenez-moi avec vous ! Je ne saurais imaginer pire souffrance que d'être tenue à l'écart après tout ce qui s'est passé !" disait-elle, et ce fut la seule fois que résonnèrent dans ses propos des accents de jalousie, sentiment qu'elle n'avait jamais manifesté auparavant, pas plus qu'elle ne devait le faire par la suite. Cependant une autre considération encore plus forte avait émoussé la résolution de mon père, son désir de ménager O-Yû. Une personne comme elle était faite pour vivre, toujours jeune et innocente, une vie brillante et fastueuse, entourée d'une foule de suivantes, et la pensée qu'il serait cruel de la faire mourir au moment où un homme se proposait de lui procurer cette existence fut déterminante. Mon père s'ouvrit de ces pensées à O-Yû : elle ne méritait pas, lui dit-il, de partager son triste sort ; une femme ordinaire pouvait mourir par amour, mais O-Yû avait reçu de la fortune des faveurs et des dons exceptionnels ; en renonçant à ces faveurs et à ces dons, elle perdrait tout ce qui faisait le prix de sa personne ; aussi devait-elle aller dans ce palais près de l'étang d'Ogura, vivre à l'abri de cloisons et de paravents aux décorations splendides. Lui-même serait plus heureux à la pensée qu'elle mène une telle existence qu'en mourant avec elle.

« "Tu ne penseras pas, à cause de ce que je viens de dire, que je renonce à mon projet par crainte de la mort. Je sais qu'il n'y a aucune trace de petitesse en toi, et c'est pourquoi je puis te parler en toute tranquillité. Noble et fière comme la nature t'a faite, tu devrais pouvoir quitter en riant un homme de mon espèce.”

« O-Yû écouta en silence le discours de mon père et une larme coula le long de sa joue, mais elle leva aussitôt sur mon père un visage rasséréné :

« “Si c’est ce que vous pensez, je me rangerai à votre avis”, fit-elle seulement, sans montrer aucun embarras et sans chercher à se donner des excuses. Mon père disait que jamais comme à cet instant elle ne lui avait paru aussi admirablement distinguée.

« Peu après, O-Yû se remariait et allait habiter à Fushimi. M. Miyazu, son mari, menait, paraît-il, joyeuse vie. Il avait choisi sa femme pour sa beauté et s’en était rassasié aussi vite, si bien qu’il ne venait que rarement lui rendre visite dans sa villa. Elle n’était pour lui qu’un objet décoratif, semblable à ceux qu’on dispose dans la niche d’un salon, mais il l’entretenait somptueusement, et O-Yû continuait à vivre dans un univers qu’on eût dit calqué sur les gravures du *Genji rustique,* alors qu'au même moment, à Ôsaka, la maison des Kosobe et celle de mon père se mettaient à décliner rapidement. Comme je vous l'ai déjà dit, vers l'époque où mourut ma mère, nous logions misérablement dans un immeuble de rapport au fond d'une ruelle. Quand je dis ma mère, j'entends O-Shizu, qui est celle qui m'a mis au monde. Après s'être séparé d'O-Yû dans les circonstances que je viens de rapporter, mon père, reconnaissant à O-Shizu pour toute la peine qu'elle s'était donnée pendant si longtemps et éprouvant une affection infinie pour la sœur d'O-Yû, fit d'elle sa véritable femme. »

Sur ces derniers mots, qu'il prononça d'une voix entrecoupée comme si ce long récit l'avait épuisé, l'homme s'arrêta et sortit du tabac de sa poche.

« Je vous remercie pour ce récit passionnant. Je comprends maintenant pourquoi, lorsque vous étiez enfant, votre père vous emmenait avec lui et vous faisait errer autour de cette villa, près de l'étang d'Ogura. Vous m'avez dit, n'est-ce pas, que vous continuiez à vous y rendre chaque année pour admirer la lune. Aujourd'hui même, si je vous ai bien compris, vous étiez en route pour cet endroit ?

— Je m'y rends de ce pas. Encore maintenant, la nuit de la pleine lune du huitième mois, lorsque je contourne cette villa et que je regarde par les interstices de la haie, j'aperçois O-Yû qui joue du *koto* et fait danser ses suivantes.

— O-Yû n'est-elle pas aujourd'hui une vieille femme de près de quatre-vingts ans ? » demandai-je, surpris par ses propos. Mais je n'entendis que le bruissement de la brise dans les herbes, les roseaux qui couvraient la grève étaient eux-mêmes invisibles, et la silhouette de l'homme s'était fondue dans le clair de lune.

Composition Nord Compo
Impression Novoprint
à Barcelone, le 4 mai 2005
Dépôt légal: mai 2005
Premier dépôt légal dans la collection: décembre 2003
ISBN 2-07-030407-8/ Imprimé en Espagne.

137081